元·趙孟頫 撰

松雪齋集

（一）

中国书店

詳校官戶部員外郎臣牛稔文

臣紀昀覆勘

欽定四庫全書　集部五

松雪齋集　別集類四　元

提要

臣等謹案松雪齋集十卷外集二卷元趙孟頫撰孟頫字子昂宋太祖之後以秀王伯圭賜第湖州故為湖州人孟頫年十四以父蔭入仕宋亡家居會程鉅夫訪遺逸江南以孟頫入見世祖大喜即授兵部郎中累官翰林

學士承旨得請歸卒追封魏國公謚文敏事蹟具元史本傳楊載作孟頫行狀稱所著有松雪齋詩集而世所行明萬歷間江元禧所編松雪齋詩集寥寥數篇並非足本惟焦竑經籍志載孟頫集十卷與此本目次相合而史所稱琴原樂原得律吕不傳之妙者檢勘均在其中外集雜文十九首亦他本所未載蓋全帙也孟頫以宋室宗臣膺元膴仕深為

物論所識觀其和姚子敬韻詩有同學故人
令已稀重嗟出處寸心違之句是晚年亦不
免於自悔然風流文采冠絶當時陶九成輟
耕録稱其岳鄂王墓詩爲世所膾炙蘇天爵
元文類亦録其詩至二十餘首蓋其清邃俊
逸妙近自然實能苞孕古人動得天趣不特
翰墨爲元代第一即其文章亦足厠跡虞楊
范揭之間不容以書畫相掩矣集前有戴表

元序見刻源集中末題大德戊戌歲蓋孟頫
自汾州知州謁告歸里時裒集所作而請表
元序之者也乾隆四十九年二月恭校上
總纂官臣紀昀臣陸錫熊臣孫士毅
總校官臣陸費墀

松雪齋集序

吳興趙子昂與余交十五年凡五見每見必以詩文相振激子昂才極高氣極爽余跂之不能及然而未嘗不為余盡也最後又見於杭始大出其平生之作曰松雪齋詩文集者若干卷屬余評之余惟人之各以其材自致於世必能相及也而後相知必相知也而後能相為言余於子昂不相及而何以知何以言乎子昂曰雖然必言之余曰必言之則就吾二人之今所歷者請以杭

喻㴠東西之山水莫美於杭雖兒童婦女未嘗至杭者知其美也使之言杭亦不敢不以為美也而不如吾二人之能言何者吾二人嘗身歷而知之而彼未嘗至也他日試以其説問居杭之人則言之不能以皆一彼所取於杭者異也今人之於詩於文未嘗身歷而知之而欲言者皆是也幸嘗歷而知之而言之同者亦未之有也子昂未弱冠時出語已驚其里中儒先稍長大而四方萬里重購以求其文車馬所至塡門傾郭得片紙隻

字人人心愜意滿而去此非可以聲色致也而子昂豈謂其皆知我哉故古之相知者必若韓孟歐梅同聲壹跡綢繆傾吐而後為遇而後世乃欲望此於道途邂逅之閒則又過矣余評子昂古賦凌厲頓迅在楚漢之間古詩沈涵鮑謝自餘諸作猶傲睨高適李翱云子昂自知之以為如何大德戊戌仲春既望剡源戴表元序

欽定四庫全書

松雪齋集卷一

元 趙孟頫 撰

賦

吳興賦

猗與休哉吳興之為郡也蒼峰北峙羣山西迤龍騰獸舞雲蒸霞起造太空自古始雙谿夾流繇天目而來者三百里曲折委蛇演漾漣漪東為碕灣滙為湖陂泓渟

皎澈百尺無泥貫乎城中繚於諸毗東注具區渺渺漭
漭以天為限不然誠未知所以受之觀夫山川暎發照
朗日月清氣焉鍾冲和攸集星列乎斗野勢雄乎楚越
神禹之所底定泰伯之所奄宅自漢而下往往開國洎
晉城之攬秀據實沿流千雉面勢作邑是故歷代慎牧
必掄大才選有識前有王謝周虞後有何柳顔蘇風流
互暎治行同符皆所以宣上德意俾民歡娛況乎土地
之所生風氣之所宜人無外求用之有餘其東則塗泥

膏腴畝鍾之田宿麥再收秔稻所便玉粒長腰照筥及箱轉輸旁郡常無凶年其南則伏虎之山金蓋之麓浮圖標其巔蘭若棲其足鼓鍾相聞飛甍華屋衡山絶水魯史所録盤紆犬牙陂澤相屬蒹葭菰蘆鴻頭荷華菱苕鳬茨萑蒲軒于四望弗極烏可勝數其中則有魴鯉鰷鱠鰔頭白小鱸鱖膾餘黿鼉龜鼈有蛟龍焉長魚如人歕浪生風一舉百鈞漁師來同罔罟筌罶罩汕是工鳴榔鼓枻隱然商宮巨細不遺噞噞喁喁日亦無窮其西

則重岡複嶺川原是來其北則黃龍瑶阜之洞玲瓏長
壽之嵑縣水百仞既高且阻硲砑嶔崟崴磊硱磳怪石
萬數旅乎如林其高陵則有楊梅棗栗櫨梨木瓜橘柚
夏孕枇杷冬華槐檀松柏椅桐梓漆之屬文竿緑竹篠
簜雜遝味登俎豆才中宮室下逮薪樵無求不得其平
陸則有桑麻如雲郁郁紛紛嘉蔬含液不蓄長新陸伐
雉免水弋鳬雁舟楫之利率十過半衣食滋殖容容衎衎
既樂且庶匪教伊慢於是有縉紳先生明先聖之道以

道之建學校立庠序服逢掖戴章甫濟濟多士日躋於古廼擇元日用量幣尊玄酒陳簠簋選能者秉周禮贊者在前獻者在後雍容俯仰周旋節奏成禮而退神人和右當是之時家有詩書之聲户習廉恥之道辟雍取法列郡觀效誠不朽之盛事已或者難曰自古論著之士曷嘗不識人物紀風俗哉夫人才者濟時之具而風俗者為治之質也今子徒据摭細碎排比貨食高談不切炫燿自飾莫大於斯二者顧乃略而弗録雖文奪組

繡聲諧金石竊為予不取也僕應之曰否予獨不聞夫子之言乎十室之邑必有忠信今年且千載地且千里人物之富胡可殫紀史册畢書可無贅矣若乃風俗之隆汙在為政者之所移易又弗可得而定著也夫吳雖介在江左嘗被至德之風矣且吾聞之風行而草偃曰中而表正上行下效置郵傳命辟若季子為守言游為令以仁義為化禮樂為政鎮以不貪之寶喻以不言之信即刑可使不用俗可使益盛方將還敦朴於上古考

休祥於庶徵兮美則美矣又可遂以為定乎於是難者
唯唯逡巡而失意

求友賦答袁養直

思古人之不可見兮心鬱結而不舒登高丘而遠望兮
獨歎慨乎增歔波洋洋其汜濫兮欲濟而無航膏吾車
而孤往兮山鬱乎其蒼蒼四顧閴其寂寥兮思蹇産而
不鑠采衆芳以自娛兮聊假日以愉樂搴長洲之芙蓉
兮擥大澤之蘭茝擷江蘺之秀穎兮結秋蘭以為佩世

俗方尚同兮余獨異乎今之人謂蘭茝為不芳兮蛾眉枉之以善媱衆不可以户說兮歷年歲而靚閔變心以從俗兮而吾又不忍徯朝陽之鳴鳳兮企空谷之白駒何駑駘之衆多兮鶡雀紛其矍矍寧饑渴以需時兮恥屬饜乎腥腐古道久其弗繼兮吾惕焉為此懼何美人之好修兮獨與余其同心懷余以厚德兮遺余以好音世固有同居而不察兮何千里而能同亂浙江之滔滔兮涉遠道以相從覿清揚之信美兮懷盛年而莫當予

濯足於東海兮晞髮乎扶桑吸流瀣以為飲兮餐朝霞以為糧披列星之燦爛兮抱明月之夜光駕青雲而高馳兮鳴和鸞之鏘鏘擾蒼龍使挾輈兮服白虎以驅不祥願發軔其勿亟兮聊彌節而抑志指黄昏以為期兮夫孰遠而弗至亂曰鹿鳴呦呦猶求友兮曾謂斯人不如物之知兮獨行無儔吾將與子為類兮

紈扇賦

炎暑時至陽烏怒飛金石為流白汗沾衣候吹纖條延

奐南扉玉枕徒設桃笙安施旁皇躑躅不知所為於是裂輕紈兮似雪製圓扇兮如月光搖懷袖涼生毛髮起遐想於青蘋引清颸於天末蕭然襟帶凄其絺葛醒人肌骨袢歊如脫須臾或離中腸為熱殆造物者欲解民之愠假人力以為之不然豈天時之可奪也復有題詩欣賞因書奇絕障輕塵以寄恨揚仁風而言別或畫乘鸞之女或誤成蠅之筆白羽襬襹而自愧蒲葵比方而知劣及乎商氣應厥民兮玉露降兮百草金風生兮桂

枝羅衣重拂秋蘭復菲孤螢冷照寒蛩暗啼棄捐篋笥綢繆綢繆班姬形中道之怨江淹賦零落之詩嗟夫用舍有時出處有宜惟人亦爾於物奚疑彼狐貉之御冬豈當暑而亦悲苟行藏之任道顧竢時乎安之伊聖賢其不可見兮之二人又何知

脩竹賦

猗猗脩竹不卉不蔓非草非木操挺持以高世姿瀟灑以拔俗葉深翠羽榦森蒼玉孤生太山之阿千畝渭川

之曲來清飈於遠岑娱佳人於空谷覩其臨曲檻俯清池色侵雲漢影動漣漪蒼雲夏集緑霧朝霏蕭蕭雨沐梟梟風披露鶴長轍秋蟬獨嘶金石間作笙竽誰吹若乃良夜明月窮冬積雪埽石上之陰聽林間之折意參太古聲沉寥泬耳目為之開滌神情以之怡悦蓋其嬈秀碧梧託友青松蒲柳嘶弱桃李羞容歌籊籊於衛女詠淇澳於國風故子猷吟嘯於其下仲宣息宴乎其中七賢同調六逸齊蹤良有以也又況鳴嶰谷之鳳化葛

陵之龍者哉至於虛其心實其節貫四時而不改柯易
葉則吾以是觀君子之德

赤兔鶻賦

皇慶元年上賜大都留守臣伯帖木兒白兔鶻一翮
翮皓潔白雪同皎至延祐元年凡三籠而毛羽變赤
光采豔奕異於尋常搏擊勇鷙加於疇昔雖老於五
坊者亦不知其所以然豈若君子進於德以潤身者
邪公既寫其形質集賢侍讀學士臣趙孟頫為之賦

其辭曰

猗鷙禽兮出金門賜貴臣兮示殊恩色霜雪兮耀前軒

解絛鏇兮縱平原狐兎駭兮不及奔歷年歲兮毦如璊

發晨霞兮炫朝曦剛氣勝兮肆飛騫德愈進兮義愈敦

炯矍䀹兮睨乾坤

松雪齋集卷一

欽定四庫全書

松雪齋集卷二

元　趙孟頫　撰

五言古詩

古風十首

詩亡春秋作仲尼蓋苦心空言恐難託指事著以深大義炳如日萬古仰照臨鳳鳥久不至楚狂乃知音愁來不得語起坐彈吾琴

周衰有戰國紛紛極荆蓁黄金聘辯士駟馬迎從人朝
為刻骨讐莫作歃血親終然智力屈奉身俱入秦
相如賦大人出語頗奇怪飄然淩雲意過耳識一快誇
言入無際自覺塵俗隘安知翻成勸何用名為戒
自有天地來蓬萊幾清淺人生空皓首舉世誰得見瑶
臺在何許渺渺煙波遠方舟不可渡使我空展轉
絶代有佳人被服綺與紈蛾着秀聯娟吐詞馥若蘭清
歌啟皓齒瑤琴發哀彈一彈再三歎聽者涕汍瀾借問

誰家子爲言本即鄲
秋風吹庭樹故葉紛以隊明月耿夜長草蟲促經緯四序苦不淹少壯何足貴展轉復展轉寤辟不能寐昔爲
閨中秀今作市門鄙豈無膏與沐甘心得憔悴
山深多悲風日莫愁我心重雲降寒雨松柏自哀吟人生百年後奄然閟重陰念此每不樂天路何由尋仙人
偓佺輩消搖在青岑奈何不爾思委命重黄金
海山有奇樹粲粲珊瑚枝由來植物性無脛可推移如

何石氏手樹之白玉墀洛陽經幾戰金谷久荒夸空令千載下聞者為傷悲

烈風號枯條落葉滿周道原野何蕭索川流亦浩浩離居日以遠懷思令人老功名會有時生世苦不早顧瞻靡所騁憂心怒如擣

浮雲何方來不知竟安之飄飖隨風去汗漫以為期自昔功名士往往事驅馳白駒空谷中誰能加縶維皎皎難見容翻受世妍媸虛名誠無益不見斗與箕

有所思

思與君别來幾見芙蓉花盈盈隔秋水若在天一涯欲涉不得去茫茫足煙霧汀洲多芳草何心采蘅杜青鳥翔雲間錦書何時還君心雖匪石秪恐凋朱顏朱顏不可伏那能不惆悵何如雙翡翠飛去蘭苕上

和子俊感秋五首

秋至倏廿日天宇豁然清涼飈旦夕至林木發商聲良辰不我與慨然心自驚古人久已逝念之動中情苦心

嬰世患只博身後名今我將無同庶復得此生

明月照北林翩翩棲鳥翻虛室當靜夜幸絕人事喧念子已獨寐無人相與言吾生性坦率與世無競奔空懷丘壑志耿耿固長存何由持此意往與嚴鄭論

披衣步中庭仰視河漢白寓形天地内聊復度朝夕仲尼諒非愚皇皇不暖席履運有異同喟然慨今昔丘園豈云遠終當期屛迹日月馳騖去鳥影飛過隙歸休盡不早胡為受形役

晴雲曖高宇輕飈弄微凉天氣政爾佳撫巳徒自傷今
日非昨日荏苒歎流光幾見春鳥鳴巳復啼寒螢一時
良亦短萬世則為長
白露泣然隊草木日以凋閒居無塵雜日薄風翛翛登
高寫我心葵扇欲罷摇感時俯逝水回睇仰層霄松喬
在何許高蹈不可招願言從之遊懷古一何遥
詠懷六首
皇天分四序寒暑互推移如何當秋夕愴怳令心悲寒

蟬寂無聲翔雁紛南飛西風一披拂草木失華滋不惜
鶗鴂鳴但傷衆芳萎徘徊白露下鬱悒誰能知
美人涉江來遺我雲和琴朱絲絚玉軫古意一何深長
歌和清彈三歎有遺音逸響隨風發髙髙不可尋奈何
俚俗耳折楊悅哀淫此道棄捐久沉吟獨傷心
明明秋夜月流光照羅帷隱憂從中來起視夜何其草
蟲催杼軸扎扎鳴聲悲良人遠行役萬里歸無期予髮
已曲局膏沐久不施回身入閨房愁思當告誰獨有中

宵夢遥遥為君馳

蒼天髙無極大川廣且深下有沉潛魚上有冥飛禽先民莫不逸我獨懷苦心抒情作好歌歌竟意難任陵苕何青青上蒙松與柏一時良亦好歲晚竟誰得人無金石壽生年不盈百何為慕榮禄抱此長戚戚菽粟在中原夫人能采之無為思百憂歡樂當及時今日忽已過來日非所知有酒且復飲既醉歌令儀

詠逸民十一首

自古逸民多矣意之所至率然
成詠聊與同好時而歌之耳

鳳凰覽德輝奮翅翔千仞矯矯孤竹子求仁斯得仁於
心有不厭視世等埃塵俯仰志不屈又不辱其身聖言
一以宣萬古無緇磷誰言首陽山阜與嵩華鄰采采山
中薇媿爾肉食人
勞生本非情禄仕吾不苟古來畎畒間亦有沮溺叟依
依耦耕心千載思尚友中道世所難狂狷誠足取如何
絶代下相知不忠厚仲尼不復作斯懷向誰道

駈車秣駑馬吾將適齊國聞有魯連子俶儻好奇畫一
談秦師走再説聊城拔功成不受賞高舉振六翮布衣
終其身豈復為世役茫茫千載遠安往訪遺跡躊躇東
海上向風長太息
四時相代謝榮耀何足恃瓜田引新蔓不見桃與李知
士解其會遇坎當復止卯生故秦吏乃亦睹兹理賢哉
感我懷三歎不能已
子眞初亦仕歲晚乃逃之區區南昌尉上疏忘其卑忠

言不見用耿耿當告誰飄然棄妻子終身與世辭抱關甘貧賤所貴莫我知至今九江墳清風激羣黎神仙信茫昧此士獨不疑孤雲無定在逝水何時歸遐思一矯首悵望無由期

悠悠空山雲泱泱長江流廊廟意不屑山澤聊淹留故人在天位高步追巢由豈曰子無衣辛苦被羊裘東京多節義之子乃其尤窮居雖獨善輔世豈不優

汪汪千頃波不為人濁清道周言行表蕩然無得名誰

言牛醫兒乃是人中英當時無間言後世流德聲思之
不可見使我鄙吝萌淳風久已漓此意豈復存時無君
子者雖賢寧見稱
南州有高士食力事耕稼優游聊卒歲不矯亦不隘大
木行欲顛紼纚豈足賴何為諸老翁棲棲不遑舍斯言
非無見明哲自高邁誰能懸一榻待子來稅駕
鹿門何亭亭下有辟世賢鳳鶵隱中林卧龍蟠其淵一
朝起高翔斯人獨深潛功名不可為我志久已安一聞

耆舊傳使我心悠然
黄鵠羽翼長一舉思千里幼安本中原乘桴走東海舉
世方尚同遠引存吾志流風漸異俗敦禮化鄰鄙子魚
平生友胡乃不相委
塵事非所便田園久見招歸來三逕中蔚蔚長蓬蒿雖
有荷鉏倦濁酒且自陶茫茫大化中委運將焉逃唐虞
去已遠由來非一朝粲粲霜中菊采采忘其勞

歲莫和剛父雜詩四首

窮陰結嚴寒玄景閟微陽蘭蕭同憔悴隱惻我中腸美
人彈玉琴繼之歌清商絃急聲未已知子意獨長陽春
時未至此曲徒悲傷
美玉處荆山林木生光輝采之獻凡目棄置亦其宜如
何和氏子涕泣有餘悲古來賢達人不為毀譽移被褐
懷至寶寧懼不我知待賈未能信韞藏誠可師
驚飇吹白日流光忽蹉跎登山采衆芳荆蓁一何多迷
途幸未遠回車且委蛇黃鵠志四海雀鷃將如何

肥馬黄金鞍輕裘華且鮮褐來從横馳意氣何翩翩朝為人所慕夕已為世憐此道固應爾禍福非虚言生當稱善人死當謚為賢勿羨夸毗子狂馳終百年

贈道隆上人

辟俗無所之步尋招提遊頽垣蔽蓬艾破屋壞不修老僧俗念凈静坐百不憂浮雲有逸態止水無急流乃知我輩人苦受世累因揭來得此地稍覺心休休窗前幾䕡菊青蕊亦已稠愛之不忍采留作山房秋何當移四

松伴汝成清幽南岡與北嶺路近頗易求他年風雨夜乘
聽龍吟愁

遊南山憩山下人家和人韻

驅馬南山陽下馬望絶巘解衣坐盤桓言就蓬廬偃非
無攀援力興盡自應返天高暄風息木落歲華晚勢阻
之遐觀趣得心自遠不有君子詞何用抒繾綣

東郊

晨興理孤榜薄言東郊遊清風吹我衣入袂寒颼颼幽

花媚時節弱蔣依寒流山開碧雲斂日出白煙收曠望得所懷欣然消我憂中流望城郭蔥蔥佳氣稠人生亦已繇惠養要須周約身不願餘尚恐乏所求且當置勿念乘化終歸休

春後多陰偶成三首用復無逸來貺

日出晨景澹散髮步中庭仰見濯濯柳春風暢人情茲晨豈不佳誰能定陰晴人生亦良脆疲勞竟何營萬事可撥遣舍道焉求成

卧起向北窗一室可棲遲取詩三百篇一一絃歌之古道豈為遠先師不吾欺嘉我有良朋所志共在茲適意聊娱樂過此非所知

仲春忽已過四序隨流波水深不可厲苦雨一何多田園頗在念春事今如何沈憂亦無益言笑復言歌

曉起川上贈友

明發不能寐獨步柳陰中秋色方浩蕩晨光乍曈曨爍爍川上日蕭蕭樹間風葛巾欲吹墮纖絺已無功感彼

歲月駛悟此人世空悠悠竟何補山林情所鍾終朗抗高志駕言從赤松

遊弁山

我欲到斯境歲月良已深今晨為兹遊醻我夙昔心悠悠岡坂長慘慘風雲陰微雨迫短日飄然灑衣襟屢欲還吾駕去意復難任逍遥得所止林竹自蕭森素琴不須彈山水有清音邈在樊籠外塵想何由侵況懷㝠絶理去此將焉尋他山豈不好聊爾非所欽

二月二日尊經閣望郊外山水二首

朝登西北樓遐景舒我懷熹微晨光動窈窕春增華草木罕悴色山川一何佳悠然斜川意千載與我諧及兹春服成言詠樂無涯此理將不泯棄之良可嗟

日出羣動作雞犬亦復喧渺渺孤舟發翩翩棲鳥遷先師有明訓政在善利閒結髮事詩書於今益可憐況兹去古遠淳風未易還吾行亦聊爾一覽可忘言

四慕詩和錢舜舉韻

予晳有高志悠然舞雩春接輿諒非狂行歌歸隱淪周也實曠士天地視一身去之千載下淵明亦其人歸來北窗裏勢屈道自伸仕止固有時四子乃不泯九原如可作執鞭良所欣

春思

春柳黃如鵞春風揚綠波美人在何許忽若阻山阿攀條弄白日常恐歲蹉跎懷思鬱不舒佳期將奈何良辰難驟得臨風空浩歌

雜詩

四時更代謝物化常隨之春華曾幾何歲月忽如茲嚴風動高林百草具已萎人生況有役憂患乃其宜棄捐勿復念出入由化機安得松喬術邈與世相違

寄題右之此静軒

卜居無喧寂尚論心所宗山林苟不静亦與朝市同聞君南窗下寄傲樂無窮曲肱有餘趣戰勝紛華中好風從何來吹子庭前松清琴時一彈濁酒尊不空頗恨道

里睽不得往相從人事矧好乖我心何時降

廉山曉行

曳杖行墟曲蒼茫曉色分凝霜被原隰葛屨非昔聞新松夾道周宿草冒高墳日月迭而逝死生安足云輕舟沿寒流悵望廉山雲世固不可辟斯人本同羣緬焉心如結詠言著斯文

奉和本齋先生首夏即事

天道雖不言坐覺四時行藹藹庭前陰欣欣枝上榮閒

居有眞趣曲肱寄餘情仰視浮雲翔俯聆時鳥鳴道勝心自怡松喬可齊齡惜哉無旨酒為公稱兕觥

贈趙虞卿

客從北方來逍遙江湖閒顧影空自愛不見欣戚顏奕秋去已遠神觀一朝還惜無雙白璧慰子行路難翩翩雲中鶴孤高杳難攀長懷紫霞客引袂入名山

題董元溪岸圖

石林何蒼蒼油雲出其下山高蔽白日陰晦復多雨窈

窕溪谷中邅回入洲漵冥冥猨狖居漠漠鳧雁聚幽居彼誰子孰與玩芳草因之一長謡商聲振林杪

贈别夾谷公

驅馬原隰閒經時不遑休昔來日在斗今去麥已秋王事有埤益宴安非所求翩翩晨風翼一舉逝莫留誰令匏瓜繫自懷離别憂

青青蕙蘭花含英在中林春風不披拂胡能見幽心相去千里餘會合大江南促席談自古知我一何深此别

雖非遠懷思渺難任公其愛體素尚無金玉音

題舜舉小隱圖

有水清且泚洄洑亂石間樂哉三子者在澗歌考槃流波牽弱縷輕颸動文竿信無吞舟魚我志匪魴鰥勿言隱尚小神情有餘閑高士不可見古風何時還

趙邨道中

朝出南郭門遥指西山陰馬蹄與石鬬宛轉愁我心溪谷莽回互寒風振穹林黄葉灑我衣巖泉走哀音凄凄

霜露降窮思浩難任人生亦何為百年成古今華堂昔
燕處零落歸丘岑況復不得保悲來淚沾襟
昔年干戈動兵塵暗三吳長江已無險智勇亦難圖築
壘依平山謀國一何愚楨榦羣林空遺址莽丘墟至今
蓬蒿下猶有白骨枯天陰萬鬼哭慘慘荒山隅興亡自
有數不敢問何如獨憐野菊花立馬為躊躇

奉酬戴帥初架閣見贈

仙人海上來遺我珊瑚鈎晶光奪凡目竒采燿九州自

吾得此寶畫玩夜不休生世勿恨晚及與斯人儔惜哉
無瓊玖可以結綢繆世德日下衰古風向誰求蛾肴亦
何有空受衆女仇適俗固所願違已良足憂感子贈言
意再拜涕泗流安得騎麒麟從子以遠遊
吾愛戴安道隱居絶埃塵彈琴聊自娱書畫又絶倫豈
無名我者已矣非所欣昔我道剡中山川自清新是時
夜雪霽懷哉見其人常欲以暇日慷慨為寫真之子有
祖風千里響然臻我從蘇李後敢言筆墨神坐之盤石

上俗物不得親微君動高興此意當誰陳

桐廬道中

歷歷山水郡行行襟抱清兩崖東滄江扁舟此宵征臥聞灘聲壯起見渚煙橫西風林木淨落日沙水明高旻衆星出東嶺素月生舟子棹歌發含詞感人情人情苦不遠東山有遺聲豈不懷燕居簡書趣期程優游恐不免驅馳竟何成我生悠悠者何日遂歸耕

張詹事遂初亭

青山繚神景佳氣溢芳甸林亭去天咫萬肰爭自獻年
多嘉木合春晚餘花殿雕闌留戲蝶藻井語嬌燕退食
鳴玉珂友於此終宴鐘鼓樂清時衣冠集羣彥朝市塵
得侵圖書味方遠紛華雖在眼道勝安用戰初心良已
遂雅志由此見何事江海人山林未如願

送周正平學士致仕還里

闕吏晨啓門僕夫戒首途祖道京城南喜色動閭閻仕
宦非徒榮出處貴合義公今雖未耄進退有餘地高蹈

激流俗清風聳朝廷增秩仍繼祿聖明優老成逍遙桑
梓間年高德彌劭紅顔醉春酒白髮照晴昊兩疏眞勇
決四皓甘隱淪漢史不專美古今凡幾人青牛當南遊
紫氣已先路我欲強著書懷哉未能去

寄鮮于伯幾

廟廊不乏才江湖多隱淪之子稱吏隱才高非衆鄰脱
身軒冕場築屋西湖濱開軒弄玉琴臨池書練裙雷文
粲周鼎鹿鳴娛嘉賓圖書左右列花竹自清新賦詩淩

鮑謝往往絶埃塵我生少寡諧一見夙昔親誤落塵罔中四度京華春澤雉歎畜樊白鷗誰能馴

送程子充運副之杭州

鹽為生民食日用猶水火雖非饑所急一日無不可但令商賈便那復愁國課數年人壞法貪欲肆偏頗利多歸私室民始受鹽禍爾來又計口强致及包裹榷酤窮滴瀝征商劇遮邏東南民力竭此事非細瑣朝家更政化選擇堪負荷君為尚書郎精白色瑳瑳明當戒行李

往理吳越梔祝君無别語編户要安妥湖山多勝處亦
可供宴坐談笑尊俎間佳聲滿江左

贈茅山梁道士

名山標句曲秀嶺蔚層雲層雲散浩彩中有三茅君度
世三千秋流芳浩無垠丹光耀朱陽琴心傳玉文司命
播萬物發蒙導人羣學道得曠士采真遺塵氛贈我書
一編清謡吐奇芬筆耕亦已勤寸田要鋤耘靈臺聳絳
闕黄雲覆氤氲内觀神自照衆言一何紛平生山林意

獨往乃所欣攀援桂樹枝采擷芝蘭薰靜與木石居遊則侶麋麏松柏無冬夏煙霞自夕昕軒冕或桎梏綺語徒韡華大道返爾朴至哉吾師云冥冥紫霞想湛言久不聞聆我歌洞章判然仙凡分

罷出

在山為遠志出山為小草古語已云然見事苦不早平生獨往願卯簪寄懷抱圖書時自娛野性期自保誰令墮塵罔宛轉受纏繞昔為水上鷗今如籠中鳥哀鳴誰

復顧毛羽曰摧槁向非親友贈蔬食常不飽病妻抱弱子遠去萬里道骨肉生别離卭壠缺拜埽愁深無一語目斷南雲杳慟哭悲風來如何訴穹旻

次韻齊彦學士中秋雨後玩月

卧痾媿微官俯仰百憂集安知中秋至但見明月出蕭蕭雨新已涼氣澄霽夕青旻羅踈星爍若珠與璧小蟲鳴草根萬物皆自適而我獨何為矯首望南北愁來無端倪撥去終不釋人生莫不樂杯酒會鄰戚高歌雜清

唱起舞𡖖鳴瑟閉戶且復眠空尊何由酌

秋日錦櫻為繼卿作

灼灼庭下花霜餘發春妍衆卉方具腓穠芳獨嫣然主人遠方來一笑清尊前植物豈無情有開容必先造化寓深意嘉與後人傳

聽姜伯惠父彈琴擘阮

姜子早聞道澹然遺世榮爇花有生意焚香無俗情時抱琴與阮彈作松風聲疇昔江湖間久已知子名安知

十年後一笑成合并是邦山水秀照入肌骨清願子石
泉上爲鼓一再行因之洗我耳遂欲濯塵纓

題洞陽徐真人萬壑松風圖

謖謖松下風悠悠塵外心以我清淨耳聽此太古音逍
遥萬物表不受世故侵何年從此老辟穀隱雲林

自釋

君子重道義小人貴功名天爵元自尊世紛何足榮乘
除有至理此重彼自輕青松與蔓草物情當細評勿爲

蔓草蕃願作青松貞

禱雨龍洞山

蒼山如犬牙細路入深谷絕壁千餘仞上有凌雲木陰崖不受日洞穴自成屋蕭森人跡少薈蔚獸攸伏雲林互隱映澗道相回復翔禽薄穹霄鳴鳥響巖曲臨橋濯清飔汲井漱寒玉神物此淵潛蜿蜒陽有祈祝風濤懃善教吏懦恥厚禄蹔懷塵外想獨往疑有梏過幽難久居濟勝之高躅策馬尋故蹊歸樵相追逐

送石仲璋

霜風何凄厲蘭蕭同枯萎念此鼻為酸惻愴中心悲由來無醜好衆女嫉蛾眉數罟困巨魚鹽車厄天騏況復值怨仇貝錦成禍機俯首無所訴菹醢聽所為向非知已者雖死誰明之君子有行役後會在何時欲别不敢往瞻望涕漣洏援筆撫我心為公吐此詞

題桃源圖

戰國方忿爭嬴秦復狂怒冤哉魚肉民死者不知數斯

人逃空谷是殆天所恕山深無來逕林密絶歸路艱難
苟生活種蒔偶成趣西鄰與東舍雞犬自來去熙熙如
上古無復當世慮安知捕魚郎延緣至其處遥遥千載
後緬想增慨慕即今生齒蘇險絶悉開露山中無木客
川上靡漁父雖懷隱者心桃源在何許況兹太平世堯
舜方在御干戈久已戢老幼樂含哺田疇畢耕耨努力
勤藝樹毋為問迷津窮探事高舉

題歸去來圖

生世各有時出處非偶然淵明賦歸來佳處未易言後人多慕之效顰惑蚩妍終然不能去俛仰塵埃間斯人真有道名與日月懸青松卓然操黄華霜中鮮棄官亦易耳忍窮北窗眠撫卷三歎息世久無此賢

題李伯時元祐内廄五馬圖黄太史書其齒毛

五馬何翩翩蕭蕭秋風前君王不好武芻粟飽豐年朝入閶闔門莫秣十二閑雄姿耀朝日滅沒走飛煙顧盼增意氣羣龍戲芝田駿骨不得朽託兹書畫傳誇哉昭

陵石歲久當頹然

酬滕野雲

滕君本臞儒肝膈足清氣賦詩多秀句往往含古意大誇江山美一洗塵土翳平生有詩癖得句時自憙爾來荒蕪甚枯澀常内媿錦繡忽墮前令我喜不寐功名亦何有富貴安足計唯有百年後文字可傳世雪谿春水生歸志行可遂閒吟淵明詩靜學右軍字但恐君未聞書成無由寄

述太傅丞相伯顔功德

興廢本天運輔成見人庸輿地久以裂車書會當同先帝昔在御如日行虚空六合仰照耀一方顧顓蒙授鉞得人傑止戈代天工鐵馬浮渡江坐收破竹功草木紛震動山川變鴻濛地利不復險金城何足攻市靡易肆憂兵無血刃紅孰能年歳間伐國究始終老稚感再生遺黎忘困窮歸來一不取匹馬走北風九域自此一益見聖世崇大哉先帝仁允矣丞相忠嗟我始弱冠弗獲

拜此公作頌歌元勲因之寫吾衷

送文子方調選雲南

我友文子方其人美如玉高談動卿相惠利厚風俗文章多古意清切緑水曲紛紛鳧鷺羣見此摩霄鶚今當使西南萬里道邛蜀銓衡非細事賢俊要甄録遠人待子來饑者望菽粟賢勞亦常事但恐期程促馬嘶晨當行草長春正緑執手臨岐路使我空躑躅

吴真人盧溝雨别圖

驅馬上河梁執手遠别離遠别數千里臨分各相思山川一何悠去去勿復遲高堂有雙親黄髮映龎眉還家拜堂下置酒作兒嬉却歸見天子忠孝兩無虧人生如公少致身貴及時此行將未已親壽當期頤

高氏謹節堂

先聖有明訓見諸庶人章少小誦習之白首不敢忘髙子躬孝弟養親在高堂蕭公三大字岌岌端且莊對之銘座右凛然肅冠裳謹身用始節節用乃無荒斯言非

虛語旨遠味自長守此期勿失善積有餘慶

題耕織圖二十四首奉懿旨撰

耕

正月

田家重元日置酒會鄰里小大易新衣相戒未明起老翁年已邁含笑弄孫子老嫗惠且慈白髮被兩耳杯盤且羅列飲食致甘旨相呼團圝坐聊慰衰莫齒田硗藉人力糞壤要鋤理新歲不敢閒農事自茲始

二月

東風吹原野地凍亦已銷早覺農事動荷鋤過相招遲遲朝日上炊煙出林梢土膏脈既起良耜利若刀高低徧翻墾宿草不待燒幼婦頗能家井臼常自操散灰緣舊俗門逕環周遭所冀歲有成殷勤在今朝

三月

良農知土性肥瘠有不同時至萬物生芽蘖由地中東来向畎畆忽徧西與東舉家往于田勞瘁在爾農春雨及時降被野何濛濛乘茲各播種庶望西成功培根利

秋實仰天望年豐但使陰陽和自然倉廩充

四月

孟夏土加潤苗生無近遠漫漫冒淺陂芃芃被長阪嘉穀雖已植惡草亦滋蔓君子與小人並處必為患朝朝荷鋤往薅耨忘疲倦旦隨鳥雀起歸與牛羊晚有婦念將饑過午可無飯一飽不易得念此獨長歎

五月

仲夏苦雨乾二麥先後熟南風吹隴畝惠氣散清淑是

為農夫慶所望實其腹沽酒醉比鄰語笑聲滿屋紛然收穫罷高廩起相屬有周成王業后稷播百穀皇天貽來牟長世自茲卜願言成歲稔四海盡蒙福

六月

當晝耘水田農夫亦良苦赤日背欲裂白汗灑如雨匍行水中泥淖及腰膂新苗抽利劒劌膚何痛楚夫耘婦當饁奔走及亭午無時暫休息不得避炎暑誰憐萬民食粒粒非易取願陳知稼穡無逸傳自古

七月

大火既西流涼風日淒厲古人重稼穡力田在匪懈郊行省農事禾黍何旆旆磯以他山石玉粒使人愛大祀須粢盛一一稽古制是為五穀長異彼稊與稗炊之香且美可用享上帝豈惟足食人一飽有所待

八月

白露下百草埜葉日紛萎是時禾黍登充積徧都鄙在郊既千庾入邑復萬軌人言田家樂此樂誰可比租賦

以輸官所餘足儲峙不然風雪至凍餒及妻子優游茅簷下庶可以卒歲太平元有象治世乃如此

九月

大家饒米麪何啻百室盈縱復人力多舂磨常不停激水轉大輪磑碾亦易成古人有機智用之可厚生朝出連百車莫入還滿庭勾稽數多少必假布算精小人好爭利晝夜心營營君子貴知足知足萬慮輕

十月

孟冬農事畢穀粟既已藏獮望四野空藁秸亦在場朝
廷政方理庶事和陰陽所以頻歲登不憂旱與蝗置酒
燕鄉里尊老列上行肴羞不厭多烹羔復烹羊縱飲窮
日夕為樂殊未央禱天祝聖人萬年長壽昌

十一月

農家值豐年樂事日熙熙黑黍可釀酒在牢羊豕肥東
鄰有一女西鄰有一兒兒年十五六女大亦可笄財禮
不求備多少取隨宜冬前與冬後婚嫁利此時但願子

孫多門户可扶持女當力蠶桑男當力耘耔

十二月

一日不力作一日食不足慘淡歲云莫風雪入破屋老農氣力衰傴僂腰背曲索綯民事急晝夜互相續飯牛欲牛肥茭藁亦預蓄蹇驢雖劣弱挽車致百斛農事極勞苦歲豈恒稔孰能知稼穡艱天下自蒙福

織

正月

正月新獻歲最先理農器女工竝時興蠶室臨期治初

陽力未勝早春尚寒氣窗戸當奥密勿使風雨至田疇耕耨動敢不修耒耜經冬牛力弱相戒勤飯飼萬事非預備倉卒恐不易田家亦良苦捨此復何計

二月

仲春凍初解陽氣方滿盈旭日照原野萬物皆欣榮是時可種桑插地易抽萌列樹徧阡陌東西各縱橫豈惟籬落間采葉憚遠行大哉皇元化四海無交兵種桑日巳廣彌望綠雲平匪惟錦綺謀秪以厚民生

三月

三月蠶始生纖細如牛毛婉孌閨中女素手握金刀切葉以飼之擁紙散周遭庭樹鳴黃鳥發聲和且嬌蠶饑當采桑何暇事遊遨田時人力少丈夫方種苗相將挽長條盈筐不終朝數口望無寒敢辭終歲勞

四月

四月夏氣清蠶大已屬眠高者何昂昂蛾眉復娟娟不憂桑葉少徧野如綠煙相呼攜筐去迢遞立遠阡梯空

伐條枚葉上露未乾蠶饑當早歸秉心靜以專飭躬修婦事黽勉當盛年救忙多女伴笑語方喧然

五月

五月夏以半谷鶯先弄晨老蠶成雪繭吐絲亂紛紜伐葦作蒲薄曲束縛齊榛榛黃者黃如金白者白如銀爛然滿筐筥愛此顏色新欣欣舉家喜稍慰經時勤有客過相問笑聲聞四鄰論功何所歸再拜謝蠶神

六月

釜下燒桑柴取繭投釜中纎纎女兒手抽絲疾如風田
家五六月綠樹陰相蒙但聞繅車響遠接村西東旬日
可經絹弗憂杼軸空婦人能蠶桑家道當不窮更望時
雨足二麥亦稍豐沽酒及時飲醉倒嫗與翁

七月

七月暑尚熾長日弄機杼頭蓬不暇梳揮手汗如雨嚶
嚶時鳥鳴灼灼紅榴吐何心娱耳目往來忘傴僂織為
機中素老幼要紉補青燈照夜梭蟀蟋窗外語辛勤亦

何有身體衣幾縷嫁為田家婦終歲服勞苦

八月

池水何洋洋漚麻水中央數日麻可取引過兩手長織絹能幾時織布已復忙依依小兒女歲晚歎無裳布襦不掩脛念之熱中腸朝緝滿一籃莫緝滿一筐行看機中布計日漸可量我衣苟已成不憂天早霜

九月

季秋霜露降凜凜寒氣生是月當授衣有布織未成天

寒催刀尺機杼可無營教女學紡纑舉足疾且輕舍南與舍北噠噠聞車聲通都富豪家華屋貯娉婷被服雜羅綺五色相間明聽說貧家女惻然當動情

十月

豐年禾黍登農心稍逸樂小兒漸長大終歲荷鋤钁目不識一字每念心作惡東鄰方迎師收拾令入學後月日南至相賀因舊俗為女裁新衣修短巧量度龜手事塞向廡御北風虐人生真可歎至老長力作

十一月

冬至陽來復草木潛滋萌君子重其然吾道自此亨父母坐堂上子孫列前榮再拜稱上壽所願百福并人生屬明時四海方太平民無札瘥者厚澤數羣情衣食苟給足禮義自此生願言興學校庶幾教化成

十二月

忽忽歲將盡人事可稍休寒風吹桑林日夕聲颼飀牆南地不凍墾掘為坑溝斫桑埋其中明年芽早抽是月

浴蠶種自古相傳流蠶出易脫殻絲纊亦倍收及時不努力知有來歲不手凍不足惜冀免號寒憂

松雪齋集卷二

欽定四庫全書

松雪齋集卷三

元　趙孟頫　撰

五言古詩

次韻周公謹見贈

池魚思故淵檻獸念舊藪官曹困窘束卯入常盡酉醑

書督期會何用傳不朽十年從世故塵土滿衣袖歸

來忽相見忘此離别久緬懷德翁隱坐羨沮溺偶新詩

使我和曠里忘已醜平生知我者頗亦似公否山林期
晚歲雞黍共尊酒郤笑桓公言凄然歸南柳

清勝池上偶成

竹色雨餘碧蟬聲風際清方池含緑水中有纖鱗行浮
沉各異態亦足悦吾情欣賞方自兹庶復得此生

重用韻

孤華色更媚密竹氣自清懷彼橘中樂偶兹池上行榮
華或傷性賞靜可怡情坐久不成起待得月華生

韓定叟自會稽來作詩贈之

蕭蕭晚雨細淅淅幽叢響爐溫動餘馥研潤生新賞方欣情話款復此卯園想即事可忘憂胡寧困塵鞅

次韻韓定叟留別

季冬寒氣結晨興凛嚴霜越江不可涉欲涉恨無梁飄飄客衣薄烈烈北風凉會少别何多令人心靡忘相去數百里東西渺相望豈無琴與書撫心獨彷徨鬢毛各已蒼目視亦茫茫中年别親友作惡固其常安得傳羽

翼與子俱飛翔

擬古

長夜何漫漫寒雞胡不鳴我行在中野霜露上沾纓虎豹夾路啼熊羆復縱橫我前鬼長嘯我後啼鼯鼪四顧寂無人北斗高且明天道誠幽遠吾心空屏營

哀鮮于伯幾

生别有再逢死别終古隔君死已五年追痛猶一日我生大江南君長淮水北憶昨聞令名官舍始相識我方

二十餘君髮黑如漆契合無間言一見同宿昔春遊每
拏舟夜坐常促席氣豪聲若鐘意憤髯屢戟談諧雜叫
嘯議論造精覈巍煌商咢制駔駿漢馬式奇文既同賞
疑義或共析錦囊裝玉軸妙絕晉唐跡粲然極炫燿觀
者咸辟易非君有精鑒疇能萃奇物最後得玉鉤琱瑑
螭盤屈握手傳玩餘歡喜見顏色刻意學古書池水欲
盡黑書記往來間彼此各有得我時學鍾法寫君先墓
石江南君所樂地氣苦下濕安知從事衫竟卒奉常職

至今屏障間不忍覩遺墨淒涼方井路松竹蔭真宅乾
坤清氣少人物世罕覿緋袍儼畫像對之淚沾臆宇宙
一何悠悲酸豈終極

酬潘提舉

臥病六十日憒憒無一欣時取古書讀那復能知新客
從遼東來一見意自親髙談極虛無微言合道真遠宦
萬里外飄然絶埃塵歸來如老鶴笑視世間人胡爲肯
顧我扁舟雪溪濱白髮我已老青雲子當伸京師人物

園子往無逡巡而我慵惰久棲遲甘隱淪

新秋

夜久不能寐坐來秋意濃露涼催蟋蟀月白淡芙蓉漸覺練衣薄將欲紈扇慵

秋日言懷

暑退草木蘇緑陰秋更繁玄蟬寂無聲莘蟄已復喧四序有代謝人事何足言塵冠久不彈散髪坐前軒俛仰歲云莫遲此負朝暄

送姚子敬教授紹興

我友子姚子風流如晉人白眼視四海清言無一塵結交三十年每見意自新皎皎白駒瘦華髮無緇磷此行度浙水言采會稽芹會稽山水勝王謝雅所欣亦有支許儔迭遞為主賓子往訪遺跡棹船鏡湖濱狂容雖已去高情自清真以子絕代才數賢可比倫登山復臨水嘯歌且怡神時時書寄我用慰情相親

述懷

我性眞且率不知恒怒嗔俯仰欲從容夏畦同苦辛以此甘棄置築屋龜溪濱西與長松友東將修竹鄰桃李粗羅列梅栁亦清新漸與市朝遠頗覺漁樵親自謂獨往意白首無緇磷安知承嘉惠再踏京華塵京華人所慕宜富不宜貧嚴鄭不可作茲懷向誰陳

慶壽僧舍即事

白雨映青松蕭颯灑朱閣稍覺暑氣銷微涼度疎箔客居秋寺古心跡俱寂寞夕蟲鳴堦砌孤螢炯叢薄展轉

懷故鄉時聞風鳴鐸

送李仲淵同知肴州

西風吹客衣秋日明遠樹蕭蕭班馬鳴念子明當去人
生貴適意要津何必據佐州亦不惡足展經濟具蛾眉
山川秀文俗盛如故喜子過我樂增我羈旅慮㥁㥁萬
里別益歎相見暮此心如天河隨子西南注

幽獨二首

閒居無與娛幽獨欣有得松翁善嘯歌花女美顏色人

生亦何為耳目皆幻適我今未半百鬢髮早已白牙齒復動搖行當為去客且盡須臾歡忘言坐苔石

獨坐不自聊披草尋微逕夕陽在高林籬落有餘暎依依增遠想歷歷生晚聽涼蟬軋鳴箏候蟲擊清磬大小皆有從雄雌各相應沈吟復躊躇忽覺西山暝

允懷齋 安西皇甫先輩

小齋深且明中有萬卷書齋中古君子寸田自耘鋤人生萬善具政當復其初操存貴勿忘道積乃有餘時復

南窗下靜看雲卷舒

送文章甫陝西都事

藉甚潞公孫去為西省客矯矯國士風婉婉幕中畫涇渭寒有聲終華秋更碧聊因佐理餘題詩寄來驛

美人隔秋水

美人隔秋水咫尺若千里可望不可言相思何時已庭樹多落葉日夕秋風起我今年已衰素髮擁兩耳回思少年時容顏若桃李美人何當來一笑懷抱洗未見令

我思既見胡不喜

贈李明道尊師

我遊皆意行仙館欣有遇麻衣皓如雪蓬鬢颯以素懸知有道者一見乃如故行當還山中清飇送雲馭蒼松無凡聲石局有生路風雷坐可致龍虎儼訶護空令塵中人矯首企煙霧

雲林山中

松風太古聲欲寫不可狀仰觀空翠滴俯聽潮音壯宣

惟塵慮滌亦覺神情王平生獨往意老矣天所放翳翳林竹間山鳥時一唱俗氛雖云遠勿起清淨障

九日當采菊登高古相傳我今值佳節燕坐雲林顛亦有巖間花青蕊露華鮮采采服九英飲水可長年況茲霜稻熟刈我山下田一飽無復事了我粥飯禪

題括蒼山成德隱玄洞天

洞天在何許乃近在人間神仙亦人耳仙成壓塵寰冥冥隱玄洞巍巍括蒼山卿雲時翁勃赤烏昔飛翻緬懷

葛玄翁一往不復還餐霞弄明月解纓濯潺湲青芝伺時生緑蘿共誰攀服食去道遠孤坐亦非丹清歌極窈渺朱書勒孱顔千年有白鶴飛來啟玄關

題先天觀

對此山水詠使人塵慮銷况兹構眞舘燕坐遠煩囂青林蔭户牖素雲冠山椒松風和澗泉雜佩響瓊瑶焚香玉女降長齋百靈朝仙道本不遠清都亦非遥自嗟衰莫年頗貴援鶴招安得生羽翰從子以逍遥

周南翁悠然閣

青山與高人一見如有約悠然相莫逆無語心自樂凌虛步丹梯攬秀有高閣應同九皐鶴翱翔在寥廓

夏日即事呈六兄

下簾却畏日開軒納清風雖無政事關亦見好惡公此心如白璧聊與世容容有兄遠方來一笑杯酒同我雖不解飲預恐尊中空呼兒更往沽勿使歡意窮

送謝伯琰太史院都事

纂纂棗實繁嘒嘒蟬聲稠炎暑尚爾熾西風猶未秋憐
子觸熱行不憚道里修棧閣天下險錦城西南陬過家
因上冢聖恩賚林丘鞍馬雖驅馳於義不可畱子材瑚
璉器用世美且周明時方任賢驛程難久遊去去早言
還庶解離别憂

遊幻住庵

雨後溪水溢黄流行地中輕舟何迅邁沿波兼順風碧
蘆榦始長柔桑葉已空瞬息抵山曲窈窕徼逕通青林

夾道周流泉響幽叢多嘶衆衲子前路相迎逢禪居新結構斧斤未輟工雙閣出塵囂六窗自玲瓏久矣厭城市飄然脱樊籠妙香清鼻觀新鸎鷺耳聾汲水插山花開牖納風松經聲出廊廡寂然聞鼓鐘蔬食欣一飽亦與膏粱同緬懷老尊宿燕坐毗盧峰塵縁苦未斷無由往相從一宿返歸棹回望但青葱

清河道中

揚舲清河流開篷素秋曉斕斑被厓花委蛇順流藻天

清去雁高野闊行人小故園歸有期客愁淨如掃

夏至

夏至午之半一陰已復生堅冰亦馴至顧豈一朝成萬物方茂悅安知有彫零君子感其微慟哭幾失聲

庭前松

手種庭前松於今二十年清風時過之我琴不須絃高標傲歲晚秀色凝空煙有懷貞白君世豈知其玄

謝貞居先生寄周

七月六日承貞居先生遠寄周鐘銑間有文象皃之形則考工記所謂皃氏為鐘者也擊之與夷則合而是日又適立秋古物之來豈偶然哉輒成小詩拜貺之辱

故人賞我趣遺我皃氏鐘制與周禮合試叩聲春容是日新秋節夷則還為宮懸之西楯下浮磬儼在東金石互相應間以絲與桐八音雖未備古樂將無同畀尊鐸觶卣羅列見古風揖讓於其間令我懷周公作詩報佳貺庶以開羣聾

閒居

荒庭蕪茀治翳翳草與篘池魚出娛客林鳥來依人閒居意自足何者為戚欣况於黄卷閒時與聖賢親

病中春寒

仲春尚寒氣林花無豔滋敝裘擁衰疾風雨何凄其始雷發東隅霽靄陽光披微風草際動落英池面移幽禽變圜吭遊魚揚細鬐我病自此愈泛舟溪水湄小輿指南蓋短笻問東畦機心不復有高蹈農與羲

松澗詩贈丁師善

青松上參天下有幽澗泉高人居其間萬慮不至前讀書得妙趣視世等浮煙胡為舍此去杖策走日邊要當陳忠益民瘼會有痊却歸弄泉石靜聽松風眠

興中府杲氏見山樓

東北有高樓迢遞數十尺朝霞映窗牖浮雲來几席莽蒼一望間崒嵂千峰碧青山何處無所見多迫迮偉哉醫無閭周禮載簡冊我雖身未到心想已可索但惜道里賒處地遠且僻嘉彼樓居子不受世故役愛山如愛

客相對樂晨夕應笑平地人塵埃坐充斥

贈恢上人

晨坐古松下有僧來叩扉松花落金粉細細點春衣折松當麈尾相對澹忘機湯休不可作政索解人稀

露坐

露坐夜將半澹然無所為草根蟲鳴歇松梢螢度遲城市多塵雜令人心不怡茲丘亦可老已與白雲期

題黃華為其父寫真

仙人紫霞衣危坐古松間玉色映流水不動如丘山平生黄華老得衣每相闗九原如可作與君相對閑

題先賢張公十詠圖張先子野之父

吳興瀟灑郡自古富人物溪山暎亭榭尊俎照華髮當時盍簪地蓁莽久蕪没空餘詩語工不共芳草歇撫卷想勝風冠佩其敢忽先民不可見惆悵至明發

犀浦遐觀

男子四方志蜀都天下奇李侯拜門豪杖節鎮坤維愛

此雪山雄卜宅犀浦瀦錦城既云樂焉用還家為遺像
開生面清風凜英姿應同武侯廟人懷千古思

吳俊卿義塾

禮義生富足為富或不仁誰能如吳君捐已以惠人開
塾延師儒聚書教比鄰豈徒名譽美要使風俗淳人物
方渺然作養當及辰文章雖致身經術乃新民宣公相
業著輔子理學醇二賢鄉先生千載德不泯吳君眞盛
舉勉哉繼前塵何當襲春服從子語水濱

寄題杜尊師白雲庵瓊秀亭

白雲從何來乃在計籌山山中古仙伯翱翔白雲間城市多囂塵山林幽且閑結屋松竹裏開窗泉石邊清齋誦道德焚香降神仙俯仰皆自得洗心游泰玄税駕往從之規買山下田藝藥埽白髮栽桃映紅顔庶幾林下意期了區中緣丹成從師去笑拍洪崖肩

瓊山發天秀珠泉表地靈柔荑吐丹葩喬林標絳英酌醴吸沖和汲澗漱甘清石門開洞府木龍走巖扃清飈

一時至四座浮幽馨閒風何必遠世塵空自寘從遊當有期淹留詎無成左手擷紫芝右手采黄精振衣陟崇岡遐覲散神情長嘯煙霧裏滿空鸞鶴聲

七言古詩

楊堅州治水歌

秋水至兮大河溢金隄決兮流漂疾田疇泊兮為民憂魚鱉肆兮地上游誰能治水兮徽揚侯具畚鍤兮萬人聚勢悍急兮不可以禦問河伯兮何所怒歲不登兮民

且宴侯精誠兮感神明赤蛇蜿蜒兮昭厥靈奠桂酒兮薦芳馨神攸歆兮隄防成水復故道兮民載寧天子聖兮地道平萬歲千秋兮揚頌聲

題舜舉著色梨花

東風吹日花冥冥繁枝壓雪淩風塵素羅衣裳照青春眼中若有梨園人攀條弄芳畏日夕只今紙上空顔色顔色好愁轉多與君沽酒花前歌

兵部聽事前枯柏

庭前枯柏生意盡枝葉乾焦根本病黄風白日吹沙塵
鼓動哀音亂人聽嗟哉爾有歲寒姿受命於地獨得正
雨露雖濡心自苦鳳鳥不來誰與盛豈無松櫝在山河
只有蓬蒿没人脛我生媿乏梁棟才浪逐時賢繆從政
清晨騎馬到官舍長日苦饑食還併簿書幸簡不得休
坐對枯槎引孤興人生何為貴適意樹木託根防失性
幾時歸去卧雲林萬壑松風韻笙磬

題西谿圖贈送鮮于伯幾

山林忽然在我眼攬袂欲遊嗟已遠長松謖謖含蒼煙
平川茫茫際層巘大梁繁華天下稀走馬鬬雞夜忘歸
君獨胡為甘寂寞坐對山水娱清暉西谿先生竒崛士
正可著之巖石裏數間茅屋破不修中有神光發竒宇
緑蘋齊葉白芷生送君江南空復情相思萬里不可見
時對此圖雙眼明

題二喬圖

長江東來水滔滔誰謂江廣不容刀中有喬家女兒淚

何意師昏隨二豪龍虎方爭欲相啗鸑鳥鍛翮將安逃

不見當時老諸葛獨聘醜婦何其高

題黃素黃庭後此書飄飄有仙氣意其為楊許舊跡蓋人間至寶伯幾所藏也

琴心玉文洞玄玄金鈕朱錦乃汝傳子能得之可長年

黃素縝栗貌且堅橫理如髮約兩邊從有赤道如朱絃

文居其間走玄蛾飛雲卷舒相終始大道甚夷非力使

無為自然有至理誰能精專換骨髓埽除俗塵不瑕穢

目中有神乃識真白玉為軹裝車輪裹以天上翠織成

仙人樓居儼長生鸞鶴翔舞猨猱輕子能寶之慎勿驚
宮室之中夜自明上清眞人楊與許焚香清齋接神女
手作此書留下土千年流傳子為主東方蒼龍右白虎
廉不予求貪不與

戲題出洗馬

齧鄰要駕誰能御驁蹇紛紛何足顧清絲絡首錦障泥
鞭箠空勞怨長路明窗戲寫乗黄姿洗刷歸來氣如怒
不須對此苦歎嗟男兒自昔多徒步

送孟仲則遊荆湖兼往襄漢

行路方難子何往瀟湘洞庭天一方長江風來浪如雪荆門木落天雨霜千金養客不復見萬里訪舊庸何傷子才有用未得試牛刀愛惜藏鋒鋩似聞遠遊未渠央更欲攬轡趨襄陽昔年戰鬬且休息白骨已瘞愁黄雲伏龍鳳雛在何處鹿門山色還蒼蒼登高弔古一長嘯萬事慘淡悲中腸人生聚散安可常爲君起舞君舉觴明朝帆影拂浮玉寄言客居思故鄉

烈婦行

至元七年冬邠州軍士劉平之戍棗陽與其妻胡俱道宿車下平為虎所得胡起追及之殺虎脫其夫吾聞之中原賢士大夫如此乃為感激慷慨作烈婦行以歌之

客車何焞焞夫挽婦為推問君將安去言往棗陽戍官事有程宿車下夜半可憐遭猛虎夫命懸虎口婦怒髮指天十步之内血相濺夫難再得虎可前寧與夫死毋與虎生呼兒取刃力與爭虎死夫活心始平男兒節義有如許萬歲千秋可以事明主馮婦卞莊安足數嗚呼

猛虎逢尚可甯成甯咸奈何汝

送高仁卿還湖州

昔年東吳望幽燕長路北走如登天捉來官府竟何補還望故鄉心悃然江南冬暖花亂發朔方苦寒氣又偏木皮三寸冰六尺面頰欲裂凍折弦盧溝強弩射不過騎馬徑度不用船宦遊遠客非所習狐貉不具絺袍穿京師宜富不宜薄青衫駿馬爭騰騫南郊吹笙厭粱肉北里鼓瑟羅姝妍淒涼朝士有何意瘦童羸騎雞鳴前

太倉粟陳未易糴中都俸薄難裹纏遍來方士頗向用
讀書不若燒丹鉛故人聞之應見笑如此不歸殊可憐
長林豐草我所愛羈靮未脫無由緣高侯遠來肯顧我
裹茗抱被來同眠青燈耿耿照土屋白酒薄薄無羶
破愁為笑出軟語寄書妻孥無一錢江湖浩渺足春水
鳧雁滅沒横秋煙何當乞身歸故里圖書堆裏消殘年

贈相士

我昔放浪江湖間舉頭開眼看青山安知世故不相舍

坐受塵土彫朱顏髭鬚已黃行且白亦知人生不滿百
功名富貴非我事但願有酒呼好客錢塘江邊逢少年
兩眼善相口談天封侯食肉骨法異慎勿置我諸公前
江南春暖水生煙何日投閒苕水邊買經相牛亦不惡
還與老農治廢田

謝解于伯幾惠震餘琴（此琴云是許旌陽手植桐所斲）

仙人已歸白雲中空餘手植青枝桐根柯盤鬱如蛟龍
一朝霹靂驅雷公烈火半爇隨狂風箕子之裔多髯翁

才氣邁俗驚愚蒙抱持來歸尋國工斲為二琴含商宮我來自北欣相逢持一贈我為我容自吾得此不敢寐終夜起坐彈孤鴻下絃清冷上黄鍾轉絃更張涕滿胷黄虞已遠將無同恨君不識牙與鍾恨我不識瞽與矇周南大雅當誰從

贈相者

吾聞伯樂善相馬一顧千金長高價何人倜儻買權奇滿眼駑駘居櫪下張君年少目有神走半江湖多閱人

我生瘦㥘乏駿骨浪許騰驤防失眞連朝春雨今始晴
花枝照眼生春情樓前山色横翠靄湖上柳黄飛亂鶯
便須沽酒與君飲醉倒花前猶滿引懶從唐舉問流年
欲向德翁謀小隱

漁父詞二首 仲姬題云人生貴極是王侯浮利浮名不自由爭得似一扁舟弄月吟風歸去休

渺渺煙波一葉舟西風木落五湖秋盟鷗鷺傲王侯管甚鱸魚不上鈎

儂住東吳震澤州煙波日日釣魚舟山似翠酒如油醉眼看山百自由

送朱仲陽太平教授

列仙之儒山澤臞手中黄紙新除書教官雖冷實清選當塗山川如畫圖我生無能百不如盍不從君賦歸與請君為我酬太白矯首南望心煩紆

題李公略所藏高彦敬夜山圖

高侯胷中有秋月能照山川盡豪髮戲拈小筆寫微茫

咫尺分明見吳越樓中美人列仙臞愛之自言天下無
西窗暗雨政愁絶燈前還展夜山圖
贈吳眞人父封饒國公母饒國夫人
上清眞人天上來雲收霧斂天門開手持璽書歸故里
瓊琚玉佩相追陪堂上老仙千歲壽喜兒歸來酌春酒
帝命建爾于上公老仙拜前兒拜後古來子貴父母榮
今見恩榮萃一門紫衣玉帶照華髮金冠瑶簡明朝曒
人間五福誰能備歲晚寒香滿天地眞人妙行我所知

曾是玉皇香案吏

題也先帖木兒開府宅壁畫山水歌

大山岑崒摩青天小山平遠通雲煙商侯胷中有丘壑

信手落筆分清妍閬風玄圃元不遠燦爛金碧流潺湲

參差澗谷樓觀起縈紆石路朱橋連松風颼飀響虛閣

棋聲剝啄來層巔仙漁歌樵唱渺何許綸巾羽扇清溪邊

高情自有泉石趣涼意不受塵埃纏世間書畫亦豈少

誰能真賞如公賢華堂風日不到處絶勝繡幙空高懸

舉觴酌酒為公壽眼明對此三千年

孤燕曲

燕燕復燕燕孤飛不忍見故雄已作長别離孀雌守節令人羨昔日雙雙拂煙草十年獨宿梁間藻歎息人間貞婦少人獨何心不如鳥

題商德符桃源春曉圖

宿雲初散青衫濕落紅繽紛溪水急桃花源裏得春多洞口春煙揺緑蘿緑蘿揺煙挂絶壁飛流淙下三千尺

瑶草離離滿澗阿長松落落凌空碧雞鳴犬吠自成邨居人至老不相識瀛洲仙客知仙路點染丹青寄輕素何處有山如此圖移家欲向山中住

秋夜曲

雨聲滴夜清漏長朱簾金幙浮新凉閨中美人動裁剪故羅衣袂生秋香東鄰刹棗西鄰穫旅館無人念飄泊餘不潦盡涵清輝芙蓉壓堤怨不歸牆根草緑陰蛾飛葡萄架空墮殷玉遥夜露寒生體粟暗蛩棲草鳴不平

無緣經緯空勞促夢魂苦短道苦長萬山深處非吾鄉
玉蟲搖釭螢入屋去雁來魚應可卜醒眼熒熒愁萬斛

孔道輔擊蛇笏

以笏擊蛇有孔公義與段公擊賊同事之鉅細雖有異
正氣忿激生於中偉哉孔公聖人裔豈聽妖邪亂民志
即今槐木一尺強氣象凜凜含風霜子孫守之慎寶藏
絕勝象牙堆滿床

李氏種德齋

一年之計種穀十年之計種木百年種德知何事插架
鱗鱗書滿屋世人責報嗟何速我自無心邀後福日中
為市百賈鬧競逐錐刀蛾赴燭鬻書之利雖云薄要令
舉世沾膏馥為賢為智皆由此耕也未必能干禄他年
種德看成功遠在子孫應可卜

贈張彥古

秋雨新已風日清忽聞剝啄敲門聲出逢麻衣老仙伯
身長七尺雙瞳明平生學道幾半世一見灑灑心為傾

大道無為迈爾朴自然有路通長生我今素髮颯以白
宦途久矣思歸耕吳興山水況清絶白雲滿嶺堪怡情
老仙何當從我去小築茅屋依崢嶸還丹已就蓬島近
笑指塵海尋方平

送田師孟知河中府

漢二千石入為相邑令或入為三公聖朝用人亦復爾
予以此賀田河中田侯年少與予友今三十年俱白首
離觴未盡去馬鳴愁向風前折楊柳

趙克敬耘庵

趙子居室名耘庵不以雨暘為旱潦寸田尺宅勤自治稂莠芟夷嘉穀好平生萬事無助長歲晚所收皆至寶我託官聯幾一載懷抱於人每傾倒交情雅有古淡風此意難為輕薄道況我同姓古所敦百世可知宜細致三十年來如一夢白髮相看今盡老我方告歸理墓田莫怪賦詩殊草草

臙脂驄圖歌

騏驎騕褭世常有伯樂不生淹棧豆歘見此圖神自王
權奇磊落龍為友隅目晶熒生紫光錦毛錯落蒙清霜
霜蹄蹙踏寒玉響霧鬣振動秋風涼朝浴扶桑騰浩蕩
莫秣崑崙超象罔雄姿似隘六合小盛氣氣欲薾浮雲上
嗅塵一歎驚肉飛奮迅不受人閒鞿豈惟萬馬羞欲死
直與八駿爭先馳只今相者多舉肥歎息此圖誰復知
君不見王處冲半生隱德真成癡

贈揑古伯

有僧有僧住江心以色殺人凶且淫貪官若吏私其金滅跡鉅海無由尋安知冤魂痛不釋羣然號訴衆所覿盡誅凶儔冤始白誰其白之揑古伯

送高郎仲德往汝州迎母

高郎八歳失其母每一言之淚如雨忽然有信自北來知道慈親在臨汝艱難一別四十年驚喜失聲渾欲舞水行有舟陸有車襆被即行身欲羽遥想團圞再拜時膝下抱持喧笑語人生天地誰無母此別真如隔今古

焉知孝感動神明萬里言歸復相覩吳興山水清且遠
指日安輿還樂土我當理舟檝迎汝買紅纏酒封肥羜
斑衣喜色映庭萱白髮從教老農圃

次韻葉公右丞紀夢

倦遊客子何時去屢欲言歸天未許故鄉樂事時上心
破浪長魚日登俎一簑一笠得自由某水某邱猶可數
前年有詔舉逸民一旦馳驛登天府豈知佐理自有才
勉強盡瘁終無補青春憔悴過花鳥白日勾稽困文簿

棲棲顔汗逐英俊往往笑談來訕侮倦僕思歸語見侵
瘦馬長饑骨相拄天生我公出瑞世輔相明時期復古
好將圖畫上凌煙未遂衣冠掛神武髭鬚半白稱貂蟬
步履漸輕宜印組道長自覺小人消亂沮政須君子怒
得閒有兆天與祥吉夢初回月當户因公此意乞歸田
不辭歌詩為公舞

楊天瑞府判平寃詩

至元年閒歲辛卯建寧總管有馬謀閒因盜起建陽縣

欲引鎮軍肆誅屠閩民張氏有女子小名月娘美且姝
思得此女恣淫泆乃誣張氏與賊俱月娘逃匿不可得
旁及鄰女遭姦汙既得月娘欲滅口父母親戚皆囚俘
一家九人一時斃痛入骨髓天難呼其餘五人亦瀕死
身被榜掠無完膚人家不幸產尤物破家滅族真無辜
楊侯天瑞為府判深疑此事皆虛誕奮然仗義以死爭
力謂馬謀當併按月娘得脫為良人待盡殘囚出獄犴
沈冤極枉一旦伸臺省交章同論薦聖神天子甚明察

詔下天門發英斷馬謖竟以罪伏誅行路聞之亦咨歎
邑人為侯生立祠牲酒繽紛勤薦祼楊侯平反世希有
宜有陞遷示旌勸政事固因才德美歲月難將資品算
即今已過二十年那拋朱紱換青衫臯夔在位方進賢
請為誦我平冤篇

賦張秋泉真人所藏研山

泰山亦一拳石多勢雄齊魯青巍峩此石却是小岱岳
峰巒無數生陂陀千巖萬壑來几上中有絕澗横天河

粤從混沌元氣判自然凝結非鐫磨人間奇物不易得
一見大叫爭摩挲米公平生好奇者大書深刻無差訛
傍有小研天所造仰受筆墨如圓荷我欲為君書道德
但願此石不用鶩巧偷豪奪古來有問君此意當如何

題舜舉摹伯時二馬圖

二龍何時飛上天空有駿影人間傳一匹鳳頭來于闐
一匹賜名花滿川李侯作畫迹者錢想見溫公當國年
大平時節巡遊少立仗歸來飽春草老向天顔無戰功

馬自不逢人皥皥

兔

少年馳逐燕齊郊身騎駿馬如騰蛟耳後生風鼻出火大呼討來飛鳴髇如今老大百憂集拄杖徐行防喘急卷中見畫眼為明驥聞秋風雙耳立討來國朝語為兔也

贈相師王蒙泉

王君善相多奇中說好誇奇無刺風已將幻化等虛空問壽幾何持底用遭時乏才偶致位處非其宜常自訟

詞林每媿文字拙玉帶却憐腰體重身歸閭里困衰疾

心戀闕庭形夜夢端如老驥歗欲倒駿骨雖存難受鞚

清溪如玉遶屋廬箇箇漁舟時看弄且將閒散樂餘生

豈望残年給残俸

松雪齋集卷三

松雪齋集卷四

元　趙孟頫　撰

五言律詩

春寒

夜雨鳴高枕春寒入敝袍時光自花柳吾意豈蓬蒿失色黄金盡知音白雪高山林隱未得空覺此生勞

雪後同子俊遊何山次韻四首

同是清閒客俱爲放浪遊晴山依雪壯野水帶氷流風急松杉亂年登蕎麥收生涯雖未老吾欲覓菟裘

步屧行危磴憑闌得妙峰鳥飛迷故道人去想遺蹤掩冉風前竹支離澗底松山僧飯不足不是忘鳴鐘

兵華時猶動山林日就荒子真思隱遁詹尹問行藏有意隨三飯無人饋五漿遠山湖外白立馬見微茫

漭駛波翻雪風生地出雷蕭驂隨意盡寒氣逼人來更欲明朝去何妨迫暮回自憐非李廣醉尉莫相猜

早春

谿上春無賴清晨坐水亭草芽隨意緑柳眼向人青初日收濃霧微波亂小星誰歌采蘋曲愁絶不堪聽

重遊弁山

出郭聞鸎語穿林散馬蹄澗松何鬱鬱春草又萋萋白石那堪煮丹崖倘可梯平生愛高興只合此幽棲竹色迷行逕松聲洶座隅水清花自照風暖鳥相呼飲罷思棋局歌長缺唾壺重來瀟灑地聊足慰須臾

魚樂樓

樓下南來水清泠百尺深菰蒲終夜響楊柳半谿陰日月驅人世江湖動客心向來歌舞宴達曉看橫參

秋夜

草蔓行多露蟲聲報早秋明河斜未轉大火已西流欲作傳杯飲誰能秉燭遊清晨拂鞍馬適野擬消憂

次韻陳無逸中秋月食風雨不見

谿月當圓夜看雲起莫愁層陰連積水伏雨暗清秋白

壁難容玷明珠不可求每因觀節物轉覺此生浮

獨夜

生事憐吾拙懷人阻道修角聲悲靜夜燈影伴幽憂水落紅衣老天寒翠袖愁雲中有過雁哀叫亦何求

次韻子山登樓有感

西北高樓好登臨望眼空弁山横雨外笠澤浸天東計之千金樂羞看百鍊銅只應將世事都付酒杯中

懷古情何極登危氣尚雄江山一時勝宇宙百年中翠

袖愁空谷綈袍受朔風起然高舉意決皆送飛鴻

聞角

吹角秋風裏邊聲入莫雲抑揚如自訴哀怨不堪聞老馬行知道孤鴻飛念羣秖今霸陵尉那識舊將軍

次韻馮伯田秋興

揺落故園秋谿山處處幽無錢頻貰酒多病倦登樓丈采陶彭澤丹青顧虎頭誰能混流俗浩蕩一浮漚

風緊草木變露寒沙水清蕭蘭嗟共悴鶗鴂忍先鳴黄

閣非吾事青山不世情浩歌聊感激裘馬任肥輕

興逐秋風發愁隨秋夜長繫書陽鳥遠促織候蟲忙世

已無劉表家徒有孟光故衣寒未補發篋動幽香

本齋先生輓詩

昔我先君子交遊半老儒詞林宗匠在制閫輔臣須晚

節風塵際閒居歲月徂謬稱詩賦善深痛典型無

德劭龜齡邁神全鶴髮春管寧安皂帽龔勝謝蒲輪小

楷名空在遺言意更親平生知己恨淚落雪溪濱

公為孟頫作研銘嘗刻之研底又臨終呼孟頫多所囑故云

贈權李玉兼簡李順甫

幕府文書靜湖山春事多風煙歸逸興花鳥助高歌自愧諸生後其如二妙何卜鄰應有日退食數相過

奉和帥初見將歸見簡

戴子文章伯不為時所知朱絃非衆聽白璧易羣疑海樹生秋早江船渡越遲莫愁千里别要作百年期

我坐幽憂疾非君誰與娛清談忘日夜高論到唐虞天

地無青眼江湖有白鬚客居寧鬱鬱歸興託蓴鱸

送楊幼澄教授歸江西兼寄吳幼清

客裏相從久愁中欲別難此行登仕版未覺負儒冠北度憐江總東歸憶幼安著書應滿屋妙處共誰看

送青甫由御史出按四川

蜀道青天上繡衣驄馬行霜威御史府春色錦官城萬里平反報三年菽水清相逢一杯酒似為別離傾

送劉伯常淮東都事

久客倦遊甚思歸勞寸心之子復南邁欲别惜光陰蕭條楚山遠渺瀰淮水深夢中不可到何用解愁襟

晉公子奔狄圖邀端父御史同賦

杌隉居蒲日艱難奔狄時天方興伯者數子實從之歲久丹青暗人賢簡册悲至今緜上路猶憶介之推

題米元暉山水

卧遊渺萬里楚天清曉秋初日江山出白雲山際浮莽蒼迷煙樹隱約見孤舟丹青不可作思子徒離憂

送張仲實還杭州

張子早英發哦詩遺垢氛瘦骨瑛秋水青眼視晴雲黄公酒壚側王令為書裙相望苦不遠何用惜離分

食粥

杲杲西流日滔滔東逝波春光蔚丘晚柳色上林多不道含香賤其如食粥何明時無小補郎署謾蹉跎

酬衛處士見贈

之子有道氣山居詩興多琴清鶴自舞林静鳥能歌未

遂携家隱深懋輟棹過他年從杖屨養壽向巖阿

送吴禮部奉吉請彭湖

為國建長策此行非偶然止戈方見武入海不求仙朱紱為郎日金符出使年早歸承聖渥圖像上淩烟

大司農侯公輓詩

理學推高第清朝位列卿政聲先日著經術莫年精乍識俄離逖方開遽隕傾重為天下惜涕淚落縱横

和周景遠見寄二首

四海多兄弟交情子獨親方將尋舴艋何意畫麒麟薄領淹豪士江湖著散人相看俱老大喜見二毛新
止酒陶彭澤能書王右軍逃禪寧避俗感舊惜離羣澤國茫茫水霜空黯黯雲為農投老去北望隱思君

奉隆福召命赴都過德清別業

騷瞳氣候變幽園冉物淒山雲石上起春鳥雨中啼羣衣憐稚子舉案愧山妻苦被虛名累未得遂高棲

謝石林贈湖石次其韻

怪石曾聽法來從不二門玲瓏浮磬韻斑駁古苔痕池月巖邊上春雲水面屯微爾能輒贈此意向誰論

筇竹杖贈天聖長老仁公仁有詩次其韻

瘦節蒼骨聳膚黄玉温苔間時卓地月下屢敲門持贈松廬老携尋水竹邨歸來倚空壁夜氣與俱存

胡穆仲先生輓詩

我有三益友對之如古人布衣甘陋巷書册老遺民淚落黔婁被神傷郭泰巾請為千字誄書刻上堅珉

贈永清曹顯祖縣尹

赤縣郎官宰清朝學士班雲端雙履去花底一琴閒鴻鵠宜天路麒麟近帝閽會當從此召豈待及瓜還

贈鄭之僑

我有故人子少年能綴文偏工吟九日已解賦淩雲落落駒千里昂昂鶴出羣却憐吾老矣鬚鬢白紛紛

來鶴亭在杭州開元宫吾往年遊宫中而適有鶴來因為書二字以名亭

客遊真館日鶴來玄圃時援筆二大字欣然千載期長

鳴松月照屢舞竹風吹天路何寥廓吾與爾同之

大都遇平江龍興寺僧間上座話唐綦毋潛宿龍興寺詩因次其韻

聞說龍興寺多年未款扉風林發松籟雨砌長苔衣殿古燈光定房深磬韻微秋風動歸興一錫向空飛

李太白酒樓在任城今新濟州是

城迥當平野樓高屬莫陰謫仙何俊逸此地昔登臨慷慨空懷古徘徊獨賞心嶧山明望眼百里見遥琴

送程伯玉雲南省都事

萬里雲南路青山落照邊省郎新紫綬幕府舊紅蓮見面嗟吾晚觀文覺子賢只應清淑氣不受瘴溪烟

題趙敬父侍御祖德詩

棄子抱兄子古來聞鄧攸賢哉趙氏母盛德邁前修陰騭理須復高門慶自流詵詵庭下玉簪笏盡公侯

獲周豐鼎見博古圖第三卷銘六字

豐鼎制特小周人風故淳摩挲玉質潤拂拭翠光勻鑄

法觀來妙銘文考更真平生篤好古對此興彌新

贈劉節軒侍御

驄馬人皆避沙鷗意獨閑天恩霑贈典泉壤慰慈顏樂在簞瓢外春生杖屨間閒閒且行樂但恐趣朝班

雨

摵摵衆葉響滋滋生意新知誰實揮灑解使盡圓勻蛛網懸珠絡荷盤瀉汞銀喜涼生枕簟愁濕逼衣巾

寄題陸振之與閒堂

一閒天所與萬事世從疏名教有樂地安心為廣居林閒聽啼鳥濠上看遊魚意適無餘想時還讀我書

次韻觀復表兄見簡

寒雨何時已停雲不肯開難陪山簡醉空憶謫仙才梅蕊枝枝發幽禽日日來可能無過我真復要詩催

載酒無人到山園晝掩門泥深妨步屧雨暗只空邨每憶丈園渴難忘北海尊何當來就飲聽我撫桐孫

故兩淛運使李公輓詩二首

昔我閒居日公來作守時敝廬曾寓止暇日每娛嬉篆
籀傳書法絃歌送酒巵情親自滋始歲晚辱深知
白髮儀刑老清朝侍從班理財羞聚斂治郡已恫瘝卧
疾留南久招魂竟北還向來漳水道淚落郭西山

五言排律

送張夢符郎中還朝

侍從班行近咨諏出使頻乘軺山水國把酒澥江春驄
馬歌仍在祥麟德自馴大書誠有法妙句不無神愛士

容疏放忘年接隱淪回轅瞻斗極聽履上星辰此別真堪惜兹情未易陳數公如見問為說混風塵

送董參政赴召

丹極飛明詔鋒車召老臣仲舒經術邃賈誼讜言陳偃蕐懷殊俗安田慰遠人公心如皦日江國自熙春散亂堆牀帙蕭颼滿案塵詭隨吾不忍高卧理還伸入奏能回主當言莫愛身衮衣瞻望重丈席侍趨頻鉛槧工無益樵漁意已親白鷗波萬里浩蕩未能馴

投贈刑部尚書不忽木公

胄子何多士明公特妙年詩書師法在簪紱相門傳曳履星辰上分光日月邊帝心知俊彥羣望屬英賢大木明堂器朱絲清廟絃吉人詞自寡君子德為先斷獄陰功厚優儒禮數偏我非天下士人謂地行仙山好雙遊屐溪清一釣船賦詩時遣興好客恨無錢政爾韋編絕俄聞束帛戔風塵驅驛騎霜雪灑鞍韉别婦經春夏離鄉整四千家書愁展讀旅食困憂煎郎位叅超擢官曹

幸接聯屢聞哦鄙句信或有前緣知巳誠難遇捫心益自惭樊中淹澤雉春晚怨啼鶗鴂病思豐草鴻寞羡遠天仁言如借便白首向林泉

送夾谷公分省陜西

憶從長楊獵于時始識公堂堂九尺幹落落萬夫雄補衮彌縫密能書點畫工勞謙延士類豈弟到兒童黄閣歸人望青雲有父風驅馳常扈從奏對每留中暫輟尚書履榮分陜右亏秦山依晝錦燕雪感秋蓮粉署趨承

舊瀛洲忝竊同因公動鄉思飛夢過江東

秋日即事

今日秋色好天高景不暄清飈動林薄涼意滿丘樊俗客無因至幽禽時自言露濃金盞側香遠玉簪繁誰辦東山妓空餘北海尊莫吟招隱賦桂樹可攀援

元日朝賀 兵曹時作

閶闔曙光生觚稜瑞靄橫治朝春有象嚴蹕物無聲簪笏千官列簫韶九奏成彤墀簇仙仗翠樹拂霓旌絶域

梯航至來庭玉帛盈皇圖天遠大聖德日高明兵息知
仁布民熙見化行耄倪齊鼓舞率土共升平

奉贈平章李相公十韻

魚水千年慶龍雲億載春乾元開泰運聖主得賢臣畫
像丹青炳書題刻畫真春宮承寵舊秋谷賜名新扶日
登皇極經邦贊化鈞甘盤基相業傅説應星辰報國非
私已逢時豈愛身誰能動天子今復見山人始白詩書
效行看俗化淳願陳歸美意作誦比烝民

題楊司農宅劉伯熙畫山水圖

移得山川勝坐來煙霧空牕中列遠岫堂上見青楓巖樹參差緑林花掩冉紅鳥飛天路逈人去野橋通邨晚留遲日樓高納快風琴尊會仙侶几杖從兒僮疑聽孫登嘯將無顧愷同微茫看不足瀟灑興難窮碧瓦開蓮宇丹樓聳竹宮亂泉鳴石上孤嶼出江中藉甚丹青譽益知書畫功煩渠添釣艇著我一漁翁

七言律詩

和姚子敬秋懷五首

銅雀春深漢苑空邯鄲月冷照秦宫煙花樓閣西風裏錦繡湖山落照中河水南來非禹迹冀方北去有唐風溪城秋色催遲莫愁對黄雲没斷鴻

落日孤城動鼓鼙愁中畫角不勝吹山川蕭瑟秋雲淨草木彫傷莫雨悲多病馬卿聊假日數奇李廣不逢時卷簾白水青山裏隱几無言有所思

搔首風塵雙短鬢側身天地一儒冠中原人物思王猛

江左功名愧謝安苜蓿秋高戎馬健江湖日短白鷗寒
金尊綠酒無錢共安得愁中却暫歡
吳宫煙冷水空流慘澹風雲暗九秋禾黍故基曾駐輦
芙蓉高閣迴添愁繡楹錦柱蛟龍泣金沓瑶堦麋豕遊
宋玉平生最蕭索欲將九辯賦離憂
野曠天高木葉疎水清沙白鳥相呼秋笳處處軍麾滿
鬼哭村村漢月孤新亭舉目山河異故國傷神夢寐俱
黄菊欲開人卧病可憐三逕已荒蕪

聞擣衣

露下碧梧秋滿天砧聲不斷思緜緜北來風俗猶存古南渡衣冠不及前苜蓿總肥宛騕褭琵琶曾泣漢嬋娟人間俯仰成今古何待他年始惘然

登飛英塔

梯飈直上幾百尺俯視層空鳥背過千里湖山秋色淨萬家烟火夕陽多魚龍衮衮危舟檝鴻雁冥冥避罔羅誰種山中千樹橘側身東望洞庭波

岳鄂王墓

鄂王墳上草離離秋日荒涼石獸危南渡君臣輕社稷中原父老望旌旗英雄已死嗟何及天下中分遂不支莫向西湖歌此曲水光山色不勝悲

溪上

溪上東風吹柳花溪頭春水淨無沙白鷗自信無機事玄鳥猶知有歲華錦纜牙檣非昨夢鳳笙龍管是誰家令人苦憶東陵子擬問田園學種瓜

次韻剛父無逸遊南山作

絶頂清秋凌翠烟登臨應費酒如川平生能著幾兩屐

負郭何須二頃田初日出雲光射地雙溪入湖波接天

升高望遠我所愛青壁有路何當緣

次韻子俊

歲云莫矣役車休蟋蟀在堂增客愁少年風月悲清夜

故國山川入素秋佳菊已開催節物扁舟欲買訪林丘

從今放浪形骸外何處人間有悔尤

次韻本齋先生即事

重攬衣裘潄更寛徂年欲莫氣先寒雨中百草難爲緑霜後黄花尚耐看千古清真耆舊傳半生辛苦腐儒冠便應築室山阿去嘉與斯人賦考槃

次韻信仲晚興

蕭蕭殘照晚當樓寒葉踈雲亂客愁歲月蹉跎星北指乾坤浩蕩水東流古來人物俱黄土少日心情在一丘獨立無言風滿袖青山相對共悠悠

次韻王時觀

相思吳越動經年一見情深重惘然草木變衰人易老江湖牢落雁難前秦山半出青天上禹穴遥臨古道邊欲説舊遊渾似夢何時重上剡溪船

錢唐懷古

東南都會帝王州三月煙花非舊遊故國金人泣辭漢當年玉馬去朝周湖山靡靡今猶在江水悠悠只自流千古興亡盡如此春風麥秀使人愁

次韻舜舉春日感興

沙頭春日已暄妍細柳新蒲色共鮮世事底須求分外

人生何物勝尊前飛花冉冉催華髮宿草青青失古阡

回首舊歡如夢過不知今日是何年

紀舊遊

二月江南鶯亂飛百花滿樹柳依依落紅無數迷歌扇

嫩緑多情妒舞衣金鴨焚香川上暝畫船撾鼓月中歸

如今寂寞東風裏把酒無言對夕暉

次韻章得一同原父姪遊蘭澤

緑樹闇闇草接天已愁春盡更聞鶻落花飛絮都成恨痛飲狂歌渾欲顛起舞有人如謝尚著書無意似伶玄繡筵寶瑟何時會割錦纏頭不計錢

見章得一詩因次其韻二首

水色清漣日色黄棃花淡白柳花香即看時節催人事更覺春愁惱客腸無酒難供陶令飲從人皆笑酈生狂城南風暖遊人少自在晴絲百尺長

片片飛花欲送春萋萋碧草正愁人黄蜂釀蜜經營急紫燕銜泥來去頻才似茂陵非晚遇美如曲逆不長貧久知求富都無益但喜論詩若有神

奉和師初雨中見贈

陰雨淒淒生夏寒故人望望惜清歡停雲底事能相阻后土何時可得乾無事甘為犀首飲切雲聊著屈平冠閑門客散且高卧户外泥深没馬鞍正坐清談與世違交情如子定應稀圖書跌宕心猶在

裘馬清狂意已非黄鶴未知何日返饑烏故作傍人飛
溪南流水清如玉終擬歸休理釣磯

次韻師初

吳越相望三十年相逢意氣共翩翩長歌白石徒爲爾
遠訪丹砂亦偶然海氣昏昏雲拂地江風颯颯雨連天
他時别後相思處欲問山陰雪後船

多景樓

層顛官閣幾時修遶檻長江萬古流白露已零秋草緑

斜陽雖好莫雲稠平南籌策張華得治内人才葛亮優景物未窮登覽興角聲孤起甕城秋

東陽八詠樓

山城秋色淨朝暉極目登臨未擬歸羽士曾聞遼鶴語（樓在寶婺觀觀中老道士能言諸父出處）征人又見塞鴻飛西流二水玻瓈合南去千峯紫翠圍如此山川良不悪休文何事不勝衣

金陵雨花臺遂至故人劉叔亮墓

雨花臺上看晴空萬里風煙入望中人物車書南北混
山川襟帶古今同昆蟲未蟄霜先隕鳳鳥不鳴江自東
緑髮劉伶緣醉死往尋荒塚酹西風

蛾眉亭

天門日湧大江來牛渚風生萬壑哀青眼故人携酒共
兩眉今日為君開蒼崖直下蛟龍吼白浪横空鸛鶴迴
南眺青山懷李白沙頭官渡苦相催時與劉伯宣尚書同登

海上即事

白水青林引興多紅裙翠黛奈愁何底從莫醉兼朝醉
聊復長歌更短歌輕燕受風迎落絮老魚吹浪動新荷
餘不溪上扁舟好何日歸休理釣簑

贈周景遠田師孟

與子同客帝王州一日不見如三秋風高氣肅雁聲急
天青日暖蛛絲遊籬下黃花為誰好水邊紅樹令人愁
世間萬事可撥遣日日痛飲醉即休

送李元讓赴行臺治書侍御史

粉署聯班僅一秋且同趨省莫同休豈惟官事奔忙共
自覺吾儕氣味投驄馬只今登憲府白鷗何日傍滄洲
別離不似今朝惡南望令人生白頭

送劉天錫鎮守鄂州

將軍好武更敦書執戟多年衛帝居皂蹕慣騎天育馬
分符真食武昌魚弓刀行色寒逾壯尊酒風流澹有餘
江路梅花正堪折未應便向故人疎

送繆秀才教授真州

髯生别我將安適言向真州作教官但使清風生絳帳
何妨朝日照空槃東園草木因人勝北固江山隔岸看
才近中年已傷别可堪南望送歸鞍

送閻子静廉訪浙西

翰林禁近逼青冥憲節乘驄出帝城海内文章歸渾厚
浙西民物望澄清姑蘇落日荷花淨震澤秋風橘柚明
憶向玉階承聖語早歸黄閣慰蒼生

次韻左轄相公

昔年閭里自浮沈郎省那知遂有今老去馮唐堪底用愁來莊舄向誰吟上林柳色春猶淺西塞桃花水正深知己如今居鼎鼐不應長此泣南音

次韻左轄相公奉寄行臺中丞徐公

盡日沉迷簿領書何時重得賦閒居已無夢想懸金印豈有文章到石渠白髮故人霜柏在黄塵遊子斷蓬如舊遊憶在吴興日自采谿毛膾白魚

送孟君復信州總管

君侯弱冠已專城未許甘終浪得名五馬人生真足貴一毫寵辱不須驚莫雲去作江東夢秋雨無忘薊北情歌罷風前折楊柳離觴那忍為君傾

追輓宋漢臣副使

生世憐余後此公聞人說似涕無從一時文獻交游裏十載烟霞杖屨中有子能為先友記臨終方見古人風秋漪亭上殘陽色猶照先生醉後容

欽頌世祖皇帝聖德詩

東海西山壯帝居南船北馬聚皇都一時人物從天降萬里車書自古無秦漢縱强多霸畧晉唐雖美乏雄圖經天緯地規模遠代代神孫仰聖謨

送吳思可總管汀洲

七閩南去路崎嶇五馬承恩出帝都地氣喜聞今有雪民生寧似昔無襦山城酒美傾鸚鵡雨館春深聽鷓鴣他日相思應悵恨離筵不忍賦驪駒

李仲淵求其弟叔行萬竹亭詩為賦一首

聞君有弟多栽竹邀我題詩寄遠情翠碧飛來人政静
鳳凰鳴集實初成江波倒影春雲合山月籠陰夜氣清
我亦有亭深竹裏也思歸去聽秋聲

王氏節婦

夫婦人倫之大者夫死寧容有二天矧是簪纓孀母訓
故應詩禮得家傳何須斷耳徒驚俗只是持身己自賢
年少寡居今白髮為君重賦栢舟篇

和姚子敬韻

同學故人今已稀重嗟出處寸心違自知世事都無補其奈君恩未許歸滄洲白鳥時時夢玉帶金魚念念非準擬明年乞身去一竿同理舊苔磯

趙子敬御史志養堂

志養堂前驄馬歸融融喜氣動庭闈能令將種為書種可是斑衣勝繡衣手樹萲萱侵雪色心同寸草報春暉不須更上陳情表壽母康强世所稀

至元庚辰孫集賢出知濟南甕還吳興賦詩書懷

五年京國誤蒙恩乍到江南似夢䰟雲影時移半山黑
水痕新漲一溪渾宦途久有曼容志婚娶終尋尚子言
政為疎慵無補報非干高尚慕丘園
多病相如已倦遊思歸張翰況逢秋鱸魚蓴菜俱無恙
鴻鴈稻粱非所求空有丹心依魏闕又攜十口過齊州
閑身却羨沙頭鷺飛去飛來百自由

初到濟南

自笑平生少宦情龍鍾四十二專城青山歷歷空懷古

流水泠泠盡著名官府簿書何日了田園歸計有時成

道逢黄髮驚相問只恐斯人是伏生

劉端父御史見和前詩次韻答之

少日君多隱遁情微官猶喜得山城腹中洞視渾無物

身外何因更有名忽憶放船苕水去終期背郭草堂成

故鄉一别三千里看見池塘草又生

次韻端父和鮮于伯幾所寄詩

畫舸西湖到處游别來飛夢到杭州百年底用憂千歲

一日相思似幾秋苦憶東南多勝事空吟西北有高樓只今賴有劉公幹時寫新詩解客愁

春日送廉訪監司赴都

春回北斗轉招摇使節迎春上九霄官道柔楊有生意私田細麥長新苗東風河水冰初泮遲日沙堤雪易銷入覲彤廷元會畢袞衣留相聖明朝

送劉安道指揮副使還都兼寄李士安學士

昔來雨雪正霏霏今去春鴻向北飛王事便應歌杕杜

家人未用歎蜉蝣據鞍横槊軍威壯把酒論文雅志違

為問瀛洲李學士相思何故信音稀

趵突泉

濼水發源天下無平地湧出白玉壺谷虛久恐元氣泄

歲旱不愁東海枯雲霧潤蒸華不注波濤聲震大明湖

時來泉上濯塵土氷雪滿懷清興孤

繼鄭鵬南書懷

豈不懷歸苦未閒宦情羇思不成歡可能治郡如龔遂

只合臨流似幼安棋局懶從先處著醫方留取用時看
夜來夢到苕溪上一枕清風五月寒

驚秋

澤國西風一夜生故園喬木動秋聲山川滿目悲揺落
物色無心得老成下坂牛羊知故道親人魚鳥近幽情
向來豪氣消磨盡空對年光浪自驚

德清閒居

已無新夢到清都空有高情學隱居貧尚典衣貪購畫

病思棄研厭求書園人焚積夜防虎谿女叩扉朝賣魚
困即枕書飢即飯謀生自笑一何疎

題山堂

手種青松一萬栽山堂留得翠屏隈推窻緑樹排簷入
臨水紅桃對鏡開山雉雊迎朝日去野禽啼傍夕陽來
老妻亦有幽棲意數日遲留不肯回

醉後同張剛父清風樓聯句

碧樹未黃風露秋晚雲蕭索亂山愁趙千家疎雨催砧

杵雨岸殘陽入釣舟張畫角吹殘人罷市清尊飲散客登樓趙古今回首俱陳迹唯有溪聲日夜流張

和鄧善之九月雪

季秋驚見燕山雪遠客淹留愁病身顛頽自傷黄菊晚横斜空憶野梅春蒼松翠栢爭聳重紺殿紅樓迴絶塵想得江南猶未冷嫩橙清酒正嘗新

次韻子敬懷王子慶往吴中王力購晉帖

闔閭城郭鎮姑蘇弔古登臺百感俱秋水遠隨鴻影没

江雲長傍客帆孤吳時花草于今在晉代風流絶世無

別後故人須有得已應懷寳問歸途

松雪齋集卷四

欽定四庫全書

松雪齋集卷五

元　趙孟頫　撰

七言律詩

海子上即事與李子構同賦

小姬勸客倒金壺家近荷花似鏡湖遊騎等閒來洗馬

舞靴輕妙迅飛鳧油雲判污纏頭錦粉汗生憐絡臂珠

只有道人塵境靜一襟涼思詠風雩

李詩云馳道塵香逐玉珂彤樓花暗鼓雲和風光漸綠瀛洲草細雨微生太液波月榭管絃鳴曙早水亭簾幙受寒多少年易動傷心感喚取蛾眉對酒歌子構名才京兆人年十七賦此詩不幸早亡雜於唐人詩中未易辯也容有賦十月桃者子構云劉郎再來歲云莫王母一笑天回春衆皆箝口不作亦奇句也

因附此

重用韻

更從何處訪蓬壺花滿平堤水滿湖韓嫣金丸落飛鳥王喬仙履下雙鳧姬姜自愛千金貌遊俠輕量一斛珠我老不知年少事水邊行散似春雩

次韻西雲長老贈周仲和

江南春水碧於天白烏滄洲興澌然刺繡可能如倚市

力田終不似逢年幾因蓴菜懷張翰欲把丹砂訪稚川

才力如君强健在不妨沽酒醉花前

送杜伯玉四川行省都事

浣花溪上草堂存今見能詩幾代孫橘刺藤梢隱蒹竹

椒漿桂酒薦芳蓀日長晝省文書靜春近岷江雪浪奔

我向東吳君向蜀别離從古解銷魂

次韻李秀才見贈

曾是先皇侍從班龍髯飛去竟難攀重來赤日黃塵裏
夢到清泉白石間豈有文章供世用久判漁釣與雲閒
何當便理南歸棹呼酒登樓看弁山

人日立春

今年人日與春并人得春來喜氣迎宮柳風微金縷重
御溝氷泮玉鱗生陰消已覺餘寒散陽長爭看曉日明
霜鬢緑幡渾不稱强題新句慰覊情

送岳德敬提舉甘肅儒學

苦欲留君君不留奮髯跨馬走甘州功名到手不可避富貴逼人那得休春酒葡萄歌窈窕秋沙苜蓿飽驊騮儒冠也有封侯相萬里歸來尚黑頭

送蕭萬户鎮閬州

錦屏山下蜀江清閬州城南春意生投壺今見詩書帥樹羽遥憐鼓角營遠戍固須煩將畧雜耕因足見民情梅花到日應如雪折取繁枝一寄聲

留别瀋王

珍重王門晚受知一年長恨曳裾遲分甌共酌人參飲遶逕同看芍藥枝華屋焚香凝燕寢畫屏摘句寫烏絲吳船萬里東南去采盡蘋花有所思

德昌總管雪後見過而余適往德清别業歸來承惠詩走筆奉和

年過五十已無聞老子猶容醉吐茵短棹衝寒投别墅朱轓行雪布陽春詩成自可追羣玉筆凍真能禿萬毚

且喜豐年多美酒傳杯慎勿厭逡巡

三日後再雪德昌復枉騎見過既而復和前篇見贈輙亦次韻

夜深萬籟寂無聞曉看平階展素茵茗椀縱寒終有韻梅花雖冷自知春使君磊落如天驥老我摧頹似凍蠅深愧閑門高卧客枉勞車騎已三巡

己酉元日朝拜喜晴總管次前韻見教復和一首

公庭拜罷笑聲聞曉色曈曈射錦茵元日不陰占樂歲

太平有象兆新春不知何地來銀甕復報諸方致白鐃
四海治安封禪舉岱宗久已望東巡

遊烏鎮次韻千瀨長老

澤國人烟一聚間時看華屋出林端已尋竹院心源淨
更上松樓眼界寬千古不磨唯佛法百年多病只儒冠
相逢已定詩盟了他日重尋想未寒

贈張進中筆生

平生翰墨空餘習喜見張生縛鼠毫韓子未容誇兎穎

涪翁底用賦𢬵毛黑頭便有中書意黃紙寧辭署字勞千古無人繼羲獻世間筆塚為誰高

贈放烟火者

人間巧藝奪天工鍊藥燃燈清晝同柳絮飛殘鋪地白桃花落盡滿階紅紛紛燦爛如星隕爗爗喧豗似火攻後夜再翻花上錦不愁零亂向東風

輓洞霄章耕隱

黃髮蕭蕭瘦骨清每於談妙見高情瓊漿正欲分丹鼎

霞佩胡為返赤城白鶴歸來華表在碧桃開盡玉棺成
師今此去哀難悼萬壑松風共此聲

題温雪峰詩蹟

出擁旌麾一俊臣歸尋松竹作閒人龍蛇留遺人間世
泉石逍遥物外身自古神仙皆曠達由來豪傑宜埃塵
山川良是諸孫老華表歸來又幾春

次韻龎參簡禮部

故山深處桂陰濃雲碓無人水自舂玉友一尊爲老伴

木奴千樹當侯封宦途坎壈謀身拙病骨支離觸事慵早掛一帆歸去好五湖烟景最情鍾

盧彦威用韻見贈亦復次韻

東籬紫菊露方濃西舍黄粱夜自舂蕙帳夜空玄鶴怨松門無鎖白雲封圖書老去心猶在朝市重來意轉慵豈有高情齊隱逸正緣多病已龍鍾

論書

右軍瀟灑更清真落筆奔騰思入神裹鮓若能長住世

子鸞未必可驚人蒼藤古木千年意野草閒花幾日春

書法不傳今已久楮君毛穎向誰陳

寄題保定杜處士晩翠樓

樓外山光翠不如樓中美人老耽書一尊緑酒劉伶醉

幾點黄花陶令居虛曠自疑風月近孤高應與世塵踈

他時若到丹梯上當有清談一起余

贈張德玉

張君説易萬人誇幽贊神明斷不差動静六爻雖有象

吉凶萬變本無涯河圖妙在縱横用皇極曾傳一倍加
自笑已無疑可卜有疑來問爾西家

歲晚偶成

致君澤物已無由夢想田園雪水頭老子難同非子傳
齊人終困楚人咻濯纓久判隨漁父束帶寧堪見督郵
準擬新年棄官去百無拘繫似沙鷗

勝槩樓

樓下寒泉雪浪驚樓前山色翠屛横登臨何必須吾土

嘯傲聊因得此生簷外白雲來託宿梁間紫燕語關情

濟南勝槩天下少試倚闌干眼自明

次韻杜浩卿詠所藏研

我生老研日相尋手不能神謾苦心墨妙已無王令帖

詩窮空憶杜陵吟質温未遜連城璧氣潤先知幾日霖

只有子西知鈍體便應刻此當銘箴

送史總管廉訪江東

歷下方誇漢吏循江東又見繡衣新可能召父專前代

更有蕭規俾後人佐理非才常自愧别離作惡向誰陳
何當攬轡從公去歸泛清溪采白蘋

贈脱帖木兒總管

將軍鐵馬擁琱弓壯歲分符鎮越中山水多情留賀監
兒童拍手愛山公紫髯似戟君猶健白髮如絲我已翁
說禮敦書殊不忝看君真有古人風

壽平章李韓公

瑞鍾光岳應時需日上天衢手自扶八表同風開壽域

五雲異彩映台符經綸至治歸賢相陶冶斯文屬大儒
為國白頭身未老掌中行見有明珠

鶴歸亭在龍虎山虛靖天師舊亭也

仙去人間有故亭四山林竹鬱青青隱居真誥傳千古
玉局丹文役萬靈白鶴歸來人換世黄雲翔集夜充庭
步虛聲轉松風響思掬巖泉洗耳聽

輓道士危功遠

處世紛紛一夢同覺來虚室已成空藥罏丹竈塵埃裏

羽節瓊輪香靄中素壁尚明秋館月青松猶引夜牕風
仙家自有逍遥趣不用悲哀哭斷蓬

送柳湯佐懷孟總管

河山王屋翠岩嶢玉輦曾臨號樂郊老子分符稱太守
諸兒倚竹候前茅春苗秋實供厨傳紫笋朱櫻入貢包
手種成陰千樹柳政成應有鳳來巢

送吳真人告歸為二親八十壽兼降香名山

許邁楊羲奕世仙木公金母共長年斑衣歸戲鄱君側

絳節朝辭玉帝前去去青牛隨紫氣飛飛白鶴遶香烟
大椿自得人間壽八十從今數八千

老態

老態年來日日添黑花飛眼雪生鬚扶衰每藉齊眉杖
食肉先尋剔齒纖右臂拘攣巾不裹中腸慘戚淚常淹
移牀獨就南榮坐畏冷思親愛日簷

五言絕句

題秋山行旅圖

老樹葉似雨浮嵐翠欲流西風驢背客吟斷野橋秋

題高彥敬樹石圖

喬木動秋風索索葉自語堂堂侍郎公高懷政如許

題萱草蛺蝶圖

藂竹無端緑幽花特地妍飛去雙蛺蝶相對意悠然

題米元暉山水

澄江漾旭日青嶂擁晴雲孤舟彼誰子應得離人羣

黄葵詞

仙掌欝金衣朝陽風露稀可憐蜂與蝶祗解弄春暉

題孫安之松楸圖

墳墓在萬里宦遊今五年人誰無父母掩卷一潸然

題太白酒船圖

載酒向何處稽山鏡水邊若為無賀老興盡便回船

瀟洒稽山道風流賀季真相思不相見愁殺謫仙人

題彦敬越山圖

越山隔濤江風起不可渡時於圖中看居然在烟霧

寄題真定明遠亭

未到新亭上先題明遠詩雲間歸雁小山外夕陽遲

獨夜

秋風動林葉夜雨滴池荷孤客睡不著亂蛩鳴更多

因禪師輓詩

先子同年友唯餘此老存安心得禪悅閉户道彌尊面帝陳三語還山又幾春蕭然無世累卓爾出埃塵朱閣非新構青松只舊林佛澄今已逝無復聽鈴音

佛性無來去羣生自爾悲達觀應大笑政足見渠癡

作糜活餓夫分食及龜魚林深幽磬晚猶想定回初

題李仲賓野竹圖并序

吾友李仲賓為此君寫真㝠搜極討蓋欲盡得竹之情狀二百年來以畫竹稱者皆未必能用意精深如仲賓也此野竹圖尤詭怪奇崛窮竹之變枝葉繁而不亂可謂毫髮無遺恨矣然觀其所題語則若悲此竹之託根不得其地故有屈折盤蹙之歎夫羲尊青黄木之災也擁腫拳曲乃不夭於斧斤由是觀之安知其非福耶因賦小詩以寄意云

偃蹇高人意蕭踈曠士風無心上霄漢混迹向蒿蓬

天冠山題詠二十八首

龍口巖

峭石立四壁寒泉飛兩龍人間苦炎熱仙山已秋風

洗藥池

真人棲隱處洗藥有清池金丹要沐浴玉水自生肥

煉丹井

丹成神仙去井冽寒泉食甘美無比倫華池咽玉液

長廊巖

修巖如長廊下有流泉注山中古仙人步月自來去

金沙嶺

攀蘿緣石磴步上金沙嶺露下色熒熒月生光炯炯

昇仙臺

仙臺高幾許時時覆雲氣一去三千年令人每翹企

逍遥巖

茲嶺可逍遥下可坐百人豈徒木石居真與玄鶴鄰

靈湫 湫上有亭名聽雨

靈湫不受汙深淺何足計小憩松竹鳴蕭蕭山雨至

寒月泉

我嘗遊惠山泉味勝牛乳夢想寒月泉携茶就泉煮

玉簾泉

飛泉如玉簾直下數千尺新月横簾鈎遥遥掛空碧

長生池

竹實鳳將至水清魚自行著我草亭中危坐學長生

道人巖

道士本避世問之無姓字如何千載後石室有人至

雷公巖

雷公起卧龍為國作霖雨飛雷掣金蛇其誰敢余侮

石人峰

巨靈長亘天何時化為石特立千萬年終古無人識

學堂巖

仙人非癡人山中猶讀書嗟我廢學久聞此一長吁

老人峰

有石象老人宛然如繪素稽首禮南極蒼蒼在煙霧

月巖

月巖如偃月風泉灑晴雪仙境在人間真成兩奇絶

鳳山

山雞愛羽毛飲啄琪樹間照影寒潭静翔集落花閒

仙足巖

窈窕石屋間中有仙人躅説與牧羊兒慎勿傷吾足

鬼谷巖

鬼谷巖前石唐文字字奇何當拂蒼蘚細讀老君碑

風洞

石壁何空洞中有風泠然安知列御寇不向此中仙

釣臺

仙者非有求坐石示投釣咄哉年裘翁同名不同調

磜潭

神龍或淵潛石洞通水府勿遣兒曹劇飛空作雷雨

一線天

醯雞舞甕中井蛙居坎底莫作一線看開眼九萬里

馨香嶺

山險通鳥道水深有蛟龍誰言仙樂鳴高人方耳聾

三山石

我有泉石癖甚愛山中居何當從羣公講學讀吾書

五面石

洞中即仙境洞口是桃源何殊武陵路雞犬自成邨

小隱巖

林藪未爲隱仙厓猶可梯終當攜家去瑤草正萋萋

玄洲十詠寄張貞居

菌山

結茅依菌山焚香候芝蓋真靈幸憫我冠佩時來會

羅姑洞

翩翩石絶攜飄飄九疑仙洞口薜蘿長來降是何年

霞架海

衆水會一壑天近發霞光晨興新沐竟晞髮向朝陽

桐花源

伊誰植斯桐萋萋滿幽谷鳴鳳久不聞何當來一宿

鶴臺

上有白鶴翔下有幽人居幽人道當成白鶴來不虛

玄洲精舍

子有鸞鶴想甘同麋鹿遊懸懸榻應待我分我半玄洲

紫軒

林君已仙去紫軒名尚存丹光時或現藥鼎夜常溫

火浣壇

真陽以解形四大何足𣂪指窮於為薪火傳不知盡

玉像龕

我有紫虛像白玉彫琢成貢之華陽天萬年期降靈

隱居松

真人昔住世所至樹以松當知千歲下遺子以清風

題仲賓竹

幽人夜不眠月吐牕炯炯起尋管城公奮髯寫清影

此君有高節不與草木同蕭蕭三兩竿自足來清風

題周秀才此山堂

青青雲外山炯炯松下石顧此山中人風神照松色

爽氣在襟袖清風拂絲桐悠然適天趣宴坐心融融

曉起聞鶯

暑氣曉來清時時聞遠鶯還思故園路松下緑苔生

六言絶句

黄清夫秋江釣月圖

塵土染人衣袂烟波著我船牕為問行歌都市何如釣
月秋江

題孤山放鶴圖

西湖清且漣漪扁舟時蕩晴暉處處青山獨往翩翩白
鶴迎歸

昔年曾到孤山蒼藤古木高寒想見先生風致畫圖留
與人看

題王子慶所藏大年墨雁

鴻雁栖栖遵渚黄蘆索索鳴秋羨殺承平公子筆端萬里滄洲

七言絶句

初至都下即事

海上春深柳色濃蓬萊宫闕五雲中半生落魄江湖上今日鈞天一夢同北方謂水泊為海子

盡日車塵馬足閒偶來臨水照愁顔故鄉兄弟應相憶同看溪南柳外山

送王月友歸杭州

社燕秋鴻各自飛我來君去苦相違西湖西畔梅如雪
應有親朋待子歸
雲本無心漫出山歸來依舊與雲閒何當從子東南去
埽地焚香晝掩關

清勝軒

小草幽香動碧池暖風晴日長新蒹南牕晝倚緑陰静
聽盡行人過馬蹄

浮玉山

玉湖流水清且閒中有浮玉之名山千帆過盡莫天碧惟見白雲時往還

鄣南山中

山深草木自幽清終日聞鶯不見鶯好作東書歸隱計蹇驢來往聽泉聲

奉和本齋先生午日絶句二首

風雨淒淒五月寒綠陰門巷思蕭然客來載酒非問字

知是先生草太玄

節序悤悤聽自過榴花能舞鳥能歌北牕高卧一杯酒奈得淵明醉後何

采桑曲

野雉朝雊雊且飛誰家兒女采桑歸欲折花枝插丫髻還愁草露濕裳衣

題東野平陵圖事見笠澤藂書

騎驢㳙㳙入荒城積水空林坐自清政使不容投劾去

也勝塵土覔平生

次韻剛父即事

玉樹彫傷衆草黄夜蟲時語怨流光美人望望隔秋水不寄相思書一行

淒涼鼓角北風傳嘈雜琵琶思遠天白雪有誰知窈窕翠蛾空自惜嬋娟

揺落山川樹影稀朧雲時逐雁南飛苦無渌酒酬佳節猶有黄花媚夕暉

溪頭月色白如沙近水樓臺一萬家誰向夜深吹玉笛
傷心莫聽後庭花

戲題僧惟尧墨梅

瀟洒孤山半樹春素衣誰遣化緇塵何如澹月微雲夜
照影西湖自寫真

題范蠡五湖杜陵浣花圖

功名自古是危機誰似先生早拂衣好向五湖尋一舸
霜黄木葉鴈初飛

春色醺人苦不禁蹇驢馱醉晚駸駸江花江草詩千首
老盡平生用世心

梅花

瀟灑江梅似玉人倚風無語澹生春曲中桃葉元非侶
夢裏梨花恐未真

酬羅伯壽

江西水清石鑿鑿士生其間多異才今去歐黄未為遠
要須力挽古風回

據鞍北走燕山雪策杖南遊故國春萬里歸來頭未白
他年句法更深醇

題蒼林疊岫圖

桑苧未成鴻漸隱丹青聊作虎頭癡久知圖畫非兒戲
到處雲山是我師

溪上先人之敝廬南山秀色照庭除何時共買扁舟去
看釣寒波縮項魚

送王子慶詔檄淛東收郡縣圖籍

水落江南天地秋西風吹子過東州試開圖籍尋佳處
便命舟車作勝遊

安道幽居寄剡源蓬蒿蔚蔚長丘園向來乘興相尋意
何事空回不到門謂師初

愛古探奇亦可憐錦囊玉軸不論錢擬須跋馬江頭路
日日望君書畫船

九月八日雨中悶坐和答仇仁父張季野

客居破屋苦秋雨黑潦侵堦竈欲沉青蕊明朝不堪摘

誰能載酒慰幽心

以畫寄高仁卿

碧山清曉護晴嵐緑樹經秋醉色酣誰是丹青三昧手
為君滿意畫江南

題龔聖予山水圖

澤雉樊中神不王白鷗波上夢相親黄塵没馬歸來晚
只有西山小慰人

當年我亦畫雲山雲白山青咫尺間今日看山還自笑

白頭輸與楚龔閑

杭州雨中

江南十日九陰雨花柳欲開無好春却憶京城二三月

秋千風暖漲香塵

題秋胡戲妻圖

相逢桑下説黄金料得秋胡用計深不是别來渾未識

黄金聊試别來心

題舜舉折枝桃

醉裏春歸尋不得眼明忽見折枝花向來飛盖西園夜萬燭高燒照爛霞

懐德清别業

陽林堂下百株梅傲雪淩寒次第開枝上山禽曉啁哳定應喚我早歸來

谷口春殘黄鳥稀辛夷花落杏花飛始憐幽竹山牕下不改清陰待我歸

過嚴陵釣臺

富春山中有客星辭榮歸來意更真年裘坐釣滄波上
却笑劉郎非故人
桐江水色映青山安穩行人掛布帆回首風沙鞍馬裏
不知此地是塵凡

部中暮歸寄周公謹

日暮空街生暮煙歸來羸馬不勝鞭明朝又逐雞聲起
孤負日高花影眠
三年漫仕尚書郎夢寐無時不故鄉輸與錢唐周老子

浩然齋裏坐焚香

送山東廉訪照磨于思容

林梢春動紫煙生匹馬東風十日程若到濟南行樂處城西泉上最關情

絶句

春寒惻惻掩重門金鴨香殘火尚温燕子不來花又落一庭風雨自黄昏

喜晴

久雨厭厭愁殺人晚晴猶得見青春急須走馬西湖路
楊柳淡黄如麴塵

簡王摶霄乞夫容杏

杏花枝上紅千葉徧得春饒惱殺人早與折來供一醉
東風如此恐成塵

都南張氏園寓居

尺五城南跡似幽鄉心空折大刀頭杏花飛盡胭脂雪
日日東風未肯休

和韓君美二絶句

金山

江水西來接太空中流突兀湧鼇宫妙高臺上一回首

看盡世途風浪中

蘇州

子胥死後已無臣中國由來漸屬秦天下固知多美婦

五湖元自有高人

題所畫梅竹贈石民瞻

故人贈我江南句飛盡梅花我未歸欲寄相思無別語
一枝寒玉澹春暉伯幾有詩見寄云寄聲雲上佳公子飛盡梅花不見君
江南翠竹動成林誰折寒枝寄賞音說與雙清堂上客
蕭然應見此君心

題所畫梅竹幽蘭水仙贈鶴皋

千樹瑤芳壓水湄西湖風月鬢成絲江南春色今何似
賴有高人把一枝
蕭蕭葉帶雨聲寒裊裊枝搖月影殘欲引九苞威鳳宿

晴牕試寫翠琅玕
百草千花日夜新此君林下始知春雖無令色如嬌女
自有幽香似德人
翠袖盈盈不受扶天風縹緲降麻姑便應從此東吴去
幾見蓬萊弱水枯

和黄景杜雪中即事

燕雪常飛十月前敝裘破帽過年年擁爐自笑何為者
欲買濁醪無一錢

雪寒淒切透書帷極目南雲入望低欲報平安無過雁
忽驚殘夢有鳴雞
君說江南苦未歸香橙新酒蟹螯肥何當與子扁舟去
共挽清溪浣客衣
客裏相從意最親高歌快飲見天真明年去學潘懷縣
滿縣栽花做好春
當年臨水照春衫浮玉山前水似藍歸計未成羇思惡
為君飛夢到城南

送黄景杜

天下無雙黄印曹割雞聊復試牛刀梅花香裏聽衙罷明月泉邊飲濁醪

偶成絶句二首奉懷宋齊彦學士田思孟省郎

道山仙府舊曾居墮在塵埃意不舒回首故人天上住如何不寄半行書

乍可望塵迎使者何堪據案箠疲民濟南雖有如澠酒準擬愁中過一春

東城

野店桃花紅粉姿陌頭楊柳緑成絲不因送客東城去過却春光總不知

湖上莫歸

春陰柳絮不能飛雨足蒲芽緑更肥正恐前呵驚白鷺獨騎款段遶湖歸明時官府初無事下走非才自覺忙奔走塵埃竟何補故園松菊久應荒

春日漫興

春事怱怱轉眼過滿城流水緑陰多西園總有紅千葉麈土埋頭奈爾何

題朱鋭雪景

塵埃困人恒作惡開卷驚看雪滿樓安得眼前有此屋仍呼陶謝與同遊

即事三絶

湘簾疎織浪文稀白苧新裁暑氣微庭院日長賓客退

繞池芳草燕交飛

古墨輕磨滿几香研池新浴照人光北牕時有涼風至閒寫黃庭一兩章

遶屋扶疏竹樹清飛飛燕雀共生成貧家自笑無金彈數樹枇杷總不生

又

草長前庭不用鋤自然生意滿吾廬何須直待生書帶始信康成解著書

牧牛圖

楊柳青青柳絮飛陂塘草綠水生肥一犂耕罷朝來雨
却背斜陽自在歸

題孫登長嘯圖

在澗幽人樂考槃南山白石夜漫漫空林無風萬籟寂
長嘯一聲山月寒

題山水卷

霜後疎林葉盡乾雨餘流水玉聲寒世間多少閒庭榭

要向溪山好處安

詠史

酒酣斫劍氣如雲屠狗吹簫盡策勲漢室功臣誰第一

黄金合鑄紀將軍

題羣仙壁

羣仙來會蕊珠宮花滿瓊山翠滿空環珮珊珊五雲際

半天鸞鶴舞春風

宮中口號

日照黄金寶殿開雕闌玉砌擁層臺一時侍衛回身立
天步將臨玉斧來
殿西小殿號嘉禧玉座中央静不移讀罷經書香一炷
太平天子政無為

自警

齒豁頭童六十三一生事事總堪慙唯餘筆硯情猶在
留與人間作笑談

劉時濟歸來堂

出處由來各有宜他人何與强吟詩千年只有陶彭澤
解印歸來更不疑

宿五華山懷德清别業

一夜松濤枕上鳴五華山館夢頻驚何當歸去芝亭上
坐聽髯翁韻玉笙

留題惠山

南朝古寺惠山前裹茗來尋第二泉貪戀君恩當北去
野花啼鳥漫留連

徐斂父龍虎山仙巖聞雞鳴寄元卿

天雞三㕶白雲中知有仙家住半空塵土恍然驚夢覺碧桃花落自春風

泛泛輕舟泝碧溪蒼厓萬仞有鳴雞可惜吾儂不同往便當著屐上丹梯

題茗溪

自有天地有此溪泓渟百折淨無泥我居溪上塵不到只疑家在青玻瓈

題四畫

桃源

桃源一去絶埃塵無復漁郎再問津想得耕田并鑿井依然淳朴太平民

淵明

淵明為令本非情解印歸來去就輕稚子迎門松菊在半壺濁酒慰平生

四皓

白髪商巖四老翁紫芝之歌罷聽松風半生不與人間事
亦墮留侯計術中

赤壁

周郎赤壁走曹公萬里江流鬬兩雄蘇子賦成奇偉甚
長教人想謫仙風

偶得靈壁石筆格狀如俗所謂鑽雲螭虎者因成

絶句

玄螭穿透白雲層老眼平生見未曾開闢以來神物出

人間剞劂竟何能

題高彥敬畫

疎疎淡淡竹林間煙雨冥濛見遠山記得西湖新霽後

與公攜杖聽潺湲

萬木紛然搖落後唯餘碧色見松林尚書雅有冰霜操

筆底時時寄此心

偶成

竹林深處小亭開白鶴徐行啄紫苔羽扇不搖紗帽側

晚涼青鳥忽飛來

茉莉花開小玉蓮香風引謁洞中仙夢回不記相逢語
明月清圓在枕邊

即事

庭槐風靜綠陰多睡起茶餘日影過自笑老來無復夢
閒看行蟻上南柯

橘子花香滿四鄰綠陰如染淨無塵幽齋獨坐鳥聲樂
萬慮不干心地春

贈彭師立

學書工拙何足計名世不難傳後難當有深知書法者未容俗子議其間古來名刻世可數餘者未精心不降欲使清風傳萬古須如明月印千江

松雪齋集卷五

松雪齋集卷六

元 趙孟頫 撰

雜著

樂原

樂本乎律律始於數正於度度曷從而正之曰以候氣正之何以知其然也古者有絫黍之法黍之為物也大小不齊就取其中者從絫之而然橫絫之而否是故不

可以為定法也必擇土中使善歷者候氣焉氣應則律正律正則度正矣較之絫黍之為顧不亦善乎律之長短鄭氏之法不可易也是其上下之所以相生也所以隨時而變易也夫音之清濁定於管之長短凡其空圍則一而已矣非有大小之異也先儒制律有大小之異者非愚之所知也律不可以徒律徒律不可以為樂必施之於音而後樂生焉用之而天地應鬼神格人民和故曰移風易俗莫善於樂世衰道微流為賤工之事為

士者益恥之豈特不以爲己任而已哉然樂之所以動天地感鬼神移風易俗者不可毫釐差也禮運曰五音六律十二管還相爲宮謂律之各自爲宮而商角徵羽從之也仲冬之月律中黃鍾夫黃鍾爲宮則太簇爲商姑洗爲角蕤賓爲變徵林鍾爲徵南吕爲羽應鍾爲變宮此自然之理也還之於律而七音備矣被之於器而八音諧矣大吕而下亦猶是也今之樂以四清混於七音之中不亦謬乎黃鍾爲衆律之祖宮聲爲衆音之君

皆尊而無二者也惟其然也是以有清聲焉此聖人作樂之妙用也還宫之法黄鍾之均無清聲謂黄鍾為宫則商角徵羽以漸而清自然順序不待用清聲也大吕為宫則黄鍾為變宫還宫之法宫為濁變宫為清若乃大吕均以黄鍾為變宫則是變宫反濁於大吕宫矣是上陵之漸也而可乎於是以黄鍾之清聲代之夫清聲者豈於十二律之外他有所謂清聲者哉黄鍾之律九寸半之為四寸二分寸之一是黄鍾之清聲也長短雖

不同而不失黄鍾之中聲故曰黄鍾之清聲也豈惟黄鍾為然十有二律皆有之今也不然四清之外無有也必欲復古則當復八清八清不復而欲還宮以作樂是商角徵羽重於宮而臣民事物上陵於君也此大亂之道也

琴原

琴也者上古之器也所以謂上古之器者非謂其存上古之制也存上古之聲也世衰道微禮壞樂崩而人不

知之耳琴絲音也非絲無以鳴然而絲有緩急聲有上下非竹無以正之竹之為音一定而不易是以用之正緩急而定上下也是故音十有二均調琴之法亦十有二而世俗一之黄鍾之均一宫二商三角四徵五羽六七比一二大吕太蔟如之夾鍾之均二宫三商四角五徵一羽六七比一二姑洗如之中吕之均三宫四商五角一徵二羽六七比一二蕤賓林鍾如之夷則之均四宫五商一角二徵三羽六七比一二南吕如之無射之

均五宮一商二角三徵四羽六七比一二應鍾如之如之者非同之也如其徵之應而緩急不同也苟為不同則曷從而正之曰以管正之也黃鍾之均一弦為宮吹黃鍾之管以合一弦而弦後正自是以降以大呂合大呂以太蔟合太蔟無不正矣夾鍾之均二弦為宮合之無以異也中呂之均三弦為宮合之無以異也夷則之均四弦為宮無射之均五弦為宮合之亦無以異也此十有二均之大略也夫一弦為宮者至五弦而止五弦而

止者五音之外不可加也二弦爲宫者一弦還而爲羽羽不可以濁也故以六弦代之三弦爲宫者一二還而爲徵羽徵羽不可以濁也故以六七代之其正體不出乎五弦也其所以七弦者亦清聲還宫也至於四弦爲宫者則羽不足矣不亦窮乎曰羽在三弦七徽之上以按聲求之亦清聲也此琴之大略也

五柳先生傳論

志功名者榮禄不足以動其心重道義者功名不足以

易其慮何則紆朱懷金與荷鉏畎畝者殊途抗志青雲與徽倖一時者異趣此伯夷所以餓於首陽仲連所以欲蹈東海者也矧名教之樂加乎軒冕違己之病甚於凍餒此重彼輕有由然矣仲尼有言曰隱居以求其志行義以達其道吾聞其語未見其人嗟乎如先生近之矣

夷齋說

孟頫往年仕京師識田君潤之及來佐濟南田君長山

東廉訪幕府從游既久出一卷示孟頫則疎齋盧公所書潘君記夷齋之文也夷齋者田君所居室之名也天下之名居室者衆矣而君獨名之曰夷者所以見君之心也夫夷之為言平易坦夷之謂也老子曰大道甚夷是也田君自少年仕御史府無傾險刻薄之私具名齋曰夷不亦宜乎夷與險對者也嘗試言夫險者則夷之義自見今夫天下之險無踰於水水之險則有呂梁灩澦若江若河以至於海而水之險極矣然舟楫既具人

力既盡則若履平地其或至於顛覆盖有幸不幸存焉耳若夫人心之險又非水之能喻也談笑而戈矛生謀慮而機穽作不飲而醉不酖而毒同則刎頸膠漆異則對面楚越及其至也以錙銖之利毫釐之忿使人上下乖骨肉離險之禍可勝言哉田君無是也則其名齋曰夷不亦宜乎因田君之意推而為之說以頌田君之德而警夫世之險者焉

趙郡李氏世譜

李氏嬴姓帝顓頊之後大業生女華女華生臯陶字庭堅為堯大理以刑法助教化歷虞夏商子孫守其官以官為氏至紂之時理徵字德靈以直道不容於朝其妻陳契和氏與子利貞避難伊侯之墟食木子得全改理為李利貞亦娶契和氏生昌祖為陳大夫五世孫碩受采地於宗周康王食苦碩孫乾字文果周上御史大夫娶益壽氏女嬰敷生耳字聃一字伯陽柱下史掌三皇五帝之書耳自著書名老子其言至深周道衰去西之

流沙不知其所終孫宗字尊祖魏大夫世所稱段干木
即其人也孫允相趙惠文王惠文王有沙丘之難允發
兵救之徼允趙幾不全自允始居趙郡為趙郡李氏之
祖六世孫曇字貴遠入秦為御史大夫葬柏人西四子
崇辯昭璣崇字伯祐秦隴西守是為隴西李氏之祖孫
信字有成大將軍滅燕斬燕太子丹始皇帝稱之以為
能孫廣漢前將軍匈奴號之為飛將軍十六世孫暠西
涼武昭王為唐始祖追尊興聖皇帝此其尤盛者也璣

生牧相趙封武安君北破林胡拓地千餘里西却秦人
之師始皇帝用頓弱之説縱反間於趙趙殺牧秦滅趙
牧弟齊居中山尚食監髙袪為文帝言以為賢將者也
牧孫左車仕陳餘封廣武君漢大將韓信聞陳餘不能
用廣武君之策乃敢下兵井陘擊陳餘泜水上信已破
陳餘購千金求廣武君師事之曾孫秉字世範漢潁川
太守徙潁川六世孫修字伯游後漢大尉生膺字元禮
司隷校尉中常侍張讓弟翔為野王令無道殺孕婦畏膺

棄官歸京師匿讓舍合柱中膺率吏攻翔殺之生環瓚
瑾曹操徵時數從瓚遊瓚以意厚之語子宣等曰孟德
英雄也天下亂非孟德不能定張孟卓袁本初雖與吾
親舊皆不足依孟卓名超廣陵太守本初名紹冀州牧
後諸子果賴操得免於難及操破紹乃舉家還趙郡瑾
四世孫楷字雄萬晉司農丞治書侍御史避趙王倫之
難北徙常山五子輯晃芬勁叡叡字幼黃高平太守居
巷東為東祖勁字少黃治書侍御史與兄芬居巷西為

西祖輯字護宗高密太守自楷時徙平棘自平棘復徙柏人子慎敦世甚微從叔晃還趙郡晃字仲黃鎮南府長史共稱南祖其别宗為江夏遼東漢中三房子孫咸盛魏齊周隋之世多為大官至唐位宰相者十七人曰游道曰藩曰固言曰日知曰敬玄曰伸曰元素曰絳曰嶠曰珏曰懷遠曰吉甫曰德裕曰泌曰磎曰鄘曰安期蚤能以功名著於世者泌與吉甫父子泌字長源少年慕神仙不死之術隱華山天寶之亂肅宗使人訪得之

帝與俱出入軍中指之曰衣黃者聖人衣白者山人繼相
代宗德宗受命於艱難之際使唐室再造危而復安大
槩皆泌之功也所與共事者乃李輔國盧杞之徒能以
智自免故君子以泌比張子房吉甫之系出西祖子隆
字太夔後魏阜城令六世孫祖威唐倉部郎中生思行
嘉州刺史孫栖筠為工部侍郎奏毀之歲益祖二百萬
平盧行軍司馬許杲將潰卒渡江東欲為變拜栖筠浙
江觀察使杲懼而逃拜御史大夫元載竊國柄橫甚代

宗倚栖筠使圖之栖筠見帝牽制不時決憂憤而卒子吉甫字弘憲自代宗時以姑息御藩鎮有終身不易地者吉甫相歲中易三十六鎮劉闢反於蜀李錡反於吳用吉甫計卒斬闢與錡每為憲宗言藩鎮不奉命則朝廷不尊伐叛之謀當以時決李逢吉沮其功心甚恨之及吳元濟擅立則自請至淮西招之不從必俘以為獻會暴疾卒吉甫長於政事所推多賢士大夫盡其職元和之治視貞觀開元蓋庶幾焉生德裕字文饒力學卓犖

有大節尤善著文徐州王智興給天子築壇度僧資國家大福德裕為御史中丞言江淮間失男子六十萬人非小變詔止之徙劍南節度使建籌邊樓按南道山川與蠻相出入者圖之左西道山川與吐蕃相出入者圖之右部落衆寡饋餉遠邇曲折咸具召習邊事者與共計敵情偽盡知之請安定人為甲解州人為弓杭州人為弩器械必犀利率户二百取一人教戰復勿事緩則農急則兵分為十一軍號雄邊軍武宗立召相德裕唐

自中葉數困於西戎黨項回鶻吐蕃更相誅亂邊德裕以數應之使勢蹙不虣虓為大變是時兵屢勝瀕河將盡惴不敢動武宗之治號為中興宋盛時系趙郡而達者昉字明遠饒陽人周開封尹宋太祖時貶道州司馬再貶延州别駕治生為終老計遣使召之久而後至太祖望見昉大喜曰趙普不妄薦人昉再相持重知大體嘗舉王旦謂必為太平宰相後果如其言流字太初臨洛人相真宗日取四方水旱盜賊奏之王旦參知政事

以為細事不足煩上聽流曰人主少年當使知艱難不然血氣方剛不留意聲色狗馬則土木甲兵禱祠之事興矣吾老不及見君他日之憂也大中祥符之際丁謂等以天書惑帝治宮室費財鉅萬萬王旦欲諫則業已同之欲去則上遇之厚不忍去大以為恨寇萊公薦丁謂流不用準怒曰謂才不足用耶準言不足聽耶流曰謂不可使在人上準曰謂可使在人下乎流歎曰君必悔之謂相果逐萊公故世稱流為聖相迪字復古濮陽

人舉進士第一與王曾竝相於國家大計多所匡正昉傳以為德裕次子比部員外郎渾之後居饒陽五公里金末裔孫成避亂徙博陵葬祖父博陵西北亂甚徙河南从之復還河北居瀛州之參戶又為參戶人三子謙榮瑄謙字仲默生信德信生遜遜遷適德生造達適遐榮字茂之勤於為生能斥其餘以與人鄉里稱為長者生秀世英秀字子實有大才幼孤以善事母稱嘖口之食便體之衣有不須也未有須而後具焉者毋亦甚安之

遂不忍去其母而仕教子弟嚴以身率之故子弟能力學以自赴於成人饒陽之緒幾至是而復生迪字光道大元吏部郎中有能名生逸通世英字仲傑生遜述遜漢陰主簿生植述太子洗馬瑄生義居仁義生棊居仁生道道生高麗吳興趙孟頫曰余官太史氏識光道為余言其世家余乃為泝沿得其世次如上而次敘之李氏之出趙郡者傳二千餘年達者不可勝數盖臯陶之烈也今光道賢而能官祖父皆有積德其後當益大云

序

書今古文集註序

詩書禮樂春秋皆經孔子删定筆削後世尊之以為經以其為天下之大經也秦火之後樂遂無復存詩書禮春秋由漢以來諸儒有意復古殷勤收拾而作偽者出焉學者不察尊偽為真俾得竝行以售其欺書之古文是已嗟夫書之為書二帝三王之道於是乎在不幸而至於亡於不幸之中幸而有存者忍使偽亂其間耶又

幸而覺其偽忍無述焉以明之使天下後世常受其欺耶余故分今文古文而為之集註焉嗟夫可與知者道難與俗人言也余恐是書之作知之者寡而不知者之衆也昔子雲作法言時無知者曰後世有子雲必愛之矣庸詎知今之世無與我同志者哉

印史序

余嘗觀近世士大夫圖書印章壹是以新奇相矜鼎彝壺爵之制遷就對偶之文水月木石花鳥之象盖不遺

餘巧也其異於流俗以求合乎古者百無二三焉一日過程儀父示余寶章集古二編則古印文也皆以印印紙可信不誣因假以歸采其尤古雅者凡模得三百四十枚且修其考證之文集為印史漢魏而下典刑質析之意可彷彿而見之矣諗於好古之士固應當於其心使好奇者見之其亦有改弦以求音易轍以由道者乎

贈趙虞卿序

平陽趙虞卿從其兄來吳興兄卒官虞卿因留不去蕭

然逆旅無一簞之儲飯豆茹藿衣褐垢弊處之無窮愁之色人或饋者亦欣然弗拒及遇人有不足輙乞之無吝情覩其人嗒然無所為聽其言淵乎以道而其奕又通天下之善奕者也人不知未嘗言人知之未嘗矜意其胷中有得故外物不足以累之嗟夫人患無所得即有得雖千金之富駟馬之貴若將浼焉虞卿其肯以此易彼耶孔子曰志於道據於德依於仁游於藝若虞卿者所謂游藝志道者耶虞卿居吳興久吾黨之士往往

與之游於是相與賦詩贈之而趙孟頫又為之序

送吳幼清南還序

士少而學之於家盖亦欲出而用之於國使聖賢之澤沛然及於天下此學者之初心然而往往淹留偃蹇甘心草萊巖穴之間老死而不悔豈不畏天命而悲人窮哉誠退而省吾之所學於時為有用耶為無用耶可行耶不可行耶則吾出處之計瞭然定於胷中矣非苟為是栖栖也近年以來天子遣使者廵行江左搜求賢才

與圖治功而侍御史程公亦在行程公思解天子渴賢之心得臨川吳君澄與偕來吳君博學多識經明而行修達時而知務誠稱所舉矣而余亦濫在舉中旣至京師吳君翻然有歸志曰吾之學無用也迂而不可行也賦淵明之詩一章朱子之詩二章而歸吳君之心余之心也以余之不才去吳君何啻百倍吳君且往則余當何如也吾鄉有敖君善者吾師也曰錢選舜擧曰蕭和子中曰張復亨剛父曰陳愨信仲曰姚式子敬曰陳康

祖無逸吾友也吾處吾鄉從數子者游放乎山水之間而樂乎名教之中讀書彈琴足以自娛安知造物者不吾舍也而吾豈有用者哉吳君行有日謂余曰吾將歸游江淛求予之友余既書所賦詩三章以贈行又列吾師友之姓名使吳君因相見而道吾情至杭見戴表元率初者鄞人也鄧文原善之者蜀人也亦吾友也其亦以是致吾意焉

送凌德庸赴淮東憲幕序

世所謂丈夫者率盛氣大言驕岸倨肆常易一介之士至一介之士當仁不讓奮然仗義與人爭是非不肯碌碌苟止亦非世所謂丈夫者所能也凌君德庸與余居同邦生同年今年之春相遇都下握手言笑若有雅故蓋適千里者見似人而喜況余同邦同年者哉然余所以與凌君相得者又有出於是余聞凌君往年司獄建昌因有冤皆為平反之與其上官抗略無少假借府史固不論甚者與察司往復折難無詭隨依阿聲凌君位

甚卑無當路之援容顏不能動人世所謂丈夫者常易之安知凌君自處者不卑也彼凌君所恃者以吾之是却彼之非而已彼以其富我以吾仁彼以其爵我以吾義豈虛言哉今凌君入淮東憲司幕府亦粗可以行其志矣夫數畧竭澤盛世不設深文苛察亦君子不為也使吏不得以賕賂行私意不敢以架漏欺公家則淮東之民實被聖上寬仁之澤抑豈獨佘之望將使世所謂丈夫者知一介之士所守如是是非可易者豈不偉與

於其行書此以為贈凌君其或有取焉

第一山人文集序

宋以科舉取士士之欲見用於世者不得不繇科舉進故父之詔子兄之教弟自幼至長非程文不習凡以求合於有司而已宋之末年文體大壞治經者不以背於經旨為非而以立說奇險為工作賦者不以破碎纖靡為異而以綴緝新巧為得有司以是取士以是應程文之變至此盡矣狃於科舉之習者則曰鉅公如歐蘇大

儒如程朱皆以是顯士舍此將焉學是不然歐蘇程朱其進以是矣其名世傳後豈在是哉王君壯歲自弱冠賦聲滿場屋間取鄉舉如拾芥非唯王君視功名唾手可得一時之士亦孰不以高科期之爾來科舉既廢王君出其胸中之蘊作為詩文成數巨編暇日攜以見過求余為之序余讀一再過文不苟作字不苟置意深而氣直涵泳書易出入騷選宜可以名世傳後而非一時科舉僥倖求合於有司之作也非自拔於流俗者能若

是耶余既爲是說遂書以爲王君文集序王君名方叔字壯猷其先自盱眙徙吳興故推其所自題其編曰第一山人文集云

陳子振詩序

予友鄧善之張仲實陳無逸皆英爽之士其言語文字足以雄一時予愛之重之一日而得三子者之書皆曰吳中陳子振佳士也尤長於詩今將求序引於予予人杜門聞詩人之款予也喜甚亟出肅陳君陳君袖出其

所為詩文曰壯遊集八卷余益喜亟取讀數篇陳君誠能詩獨未解所謂壯遊名集者意陳君南適越北之燕趙東遊齊魯而西走秦晉凡天下名山大川如岱華太行江淮河海皆嘗歷覽其形勢而窺其秘奥故以是名之耶然讀之終篇其所至不過吴中數郡而已陳君吴人也其遊不出於吴而名其集曰壯遊余甚惑焉思而不得其説則以問諸陳君陳君曰遊豈有遠近哉顧壯懷何如耳至讀君自序有曰不好追蹈前人法則嗟乎

若此者雖余亦壯之而遊何必廣哉古之作序者皆序所以作者之意故余因其名集而為之序若夫詩文之美觀者當自得之不待余言之贊也贅而贊之余懼非作序之法也又集中有贈葉文炳詩云墨妙當今亞子昂余不識葉假令葉善書當追配古人余書何足重於世而云然哉余甚愧焉請陳君為刪之

薛昂夫詩集序

嗟夫吾觀昂夫之詩信乎學問之可以變化氣質也昂

夫西戎貴種服旃裘食湩酪居逐水草馳騁獵射飽肉勇決其風俗固然也而昂夫乃事筆硯讀書屬文學為儒生發而為詩樂府皆激越慷慨流麗閑婉或累世為儒者有所不及斯亦奇矣蓋昂夫嘗執弟子禮於須溪先生之門其有得於須溪者當不止於是而余所見者詞章耳夫詞章之於世不為無所益今之詩猶古之詩也茍為無補則聖人何取焉繇是可以觀民風可以觀世道可以知人可以多識草木鳥獸之名其博如此嗟乎

吾讀昂夫之詩知問學之變化氣質為不誣矣他日昂夫為學日深德日進道義之味淵乎見於詞章之間則余愛之敬之又豈止於是哉

左丞郝公注唐詩鼓吹序

鼓吹者何軍樂也選唐詩而以是名之者何譬之於樂其猶鼓吹乎遺山之意則深矣中書左丞郝公當遺山先生無恙時嘗學於其門其親得於指授者蓋非止於詩而已公以經濟之才坐廟堂以韋布之學研文字出

其博洽之餘探隱發與人為之傳句為之釋或意在言外或事出異書公悉取而附見之使誦其詩者知其人識其事物者達其義覽其詞者見其指歸然後唐人之精神情性始無所隱遁焉嗟夫唐人之於詩美矣非遺山不能盡去取之工遺山之意深矣非公不能發比興之藴世之學詩者於是而紬之繹之厭之飫之則其為詩將見隱如宮商鏗如金石進而為詩中之韶濩矣此政公惠後學之心而亦遺山裒集是編之初意也耶公

命為序不敢辭謹序其大意云

皇朝字語觀瀾綱目序

余嘗讀北史見當時巨族貴種皆以工譯語相高其間雖時見一二語恨無文字相傳不知作如何云云也盖譯語皆有聲而無文雖欲傳其可得乎聖朝混一區宇乃始造為一代之書以文寄聲以聲成字於以道達譯語無所不通盖前代之所未有也古婺王伯達深解其義編集是書曲盡微妙其亦善言語之良師也古人有

言塗無遠而不彌理無微而不綸余於是書亦云

送田師孟知河中府序

余讀漢史至循吏傳觀古循吏之所為政事教化之所感召能使蝗不入境虎度河去民至稱之為父母嗟乎何以得此於民哉三代而上未置郡縣循吏之名未立

縣漢以來士大夫之賢者苟不得一郡一邑而為守令政事不見於世德澤不及於民何由列於史官使循良之名愈久而常存也余友田侯師孟以儒家弱冠而仕

於朝且三十年若銓選財用刑名凡國家急務莫不周知而練達而又未嘗一日廢書故於經史百家悉能深知其義而不同於流俗朝家循序而遷得知河中府或謂如侯者當位之於朝出其所學上為朝廷羽儀展其所長亦足以裨補於明時予謂不然以師孟之才且賢得一城而守之宣布聖天子德澤下及於百姓將古循吏復見於今日矣河中古蒲坂舜所都也有虞氏之遺風存焉民淳而事簡亦師孟之所樂也一旦聖天子擢天

下之治最者而大用之必自河中始於其行犀公賦詩贈之而孟頫為之序侯名衍師孟其字

劉孟質文集序

文者所以明理也自六經以來何莫不然其正者自正奇者自奇皆隨其所發而合於理非故為是平易險怪之别也後世作文者不是之思始誇詡以為富剽疾以為快詼詭以為戲刻畫以為工而於理始遠矣故嘗謂學為文者皆當以六經為師捨六經無師矣江右劉君

累年甚盛氣甚充作為詩文數百篇其鋒殆不可當然竊患劉君之才過多若有不必作而作者夫六經之為文也一經之中一章不可少一句一字不可闕蓋其謹嚴如此故立千萬年為世之經也余老病廢學劉君不以余為不肖一再下問不敢不以誠告劉君以余言為然耶則一以經為法一以理為本必不可不作者勿使無可不作者勿使剩如此他日當追配古人豈止劘屈賈之壘短曹劉之牆而已哉

南山樵吟序

南山樵吟者吳君仲仁所為詩也詩在天地間視他文最為難工葢今之詩雖非古之詩而六義則不能盡廢由是推之則今之詩猶古之詩也夫鳥獸草木皆所寄興風雲月露非止於詠物又況由古及今各自名家或以清澹稱或以雄深著或尚古怪或貴麗密或舂容乎大篇或收斂於短韻不可悉舉而人之好惡不同欲以一人之為求合於衆豈不誠難工哉必得其才於天又

充其學於己然後能盡其道耳吳君年盛資敏不以家事廢學故其為詩清新華婉有唐人之餘風此予所以深嗟累歎愛之不能已也山谷道人有言曰本之以國風雅頌深之以離騷九歌此作詩之良法予既序樵吟復告之以是者所以起吳君也吳君名壽民仲仁其字南山其自號云

古今歷代啓蒙序

金陵王君元鼎取自三皇五帝以來事跡編為四言又

韻其語欲以教童蒙使之誦習俾知古今攜以見示求為序引余聞古者八歲入小學十歲學書計幼儀十有三年學樂誦詩二十而冠始學禮自是以往博學不教未嘗以知古今責童子也後世欲子弟早成應對之間便以不知古今為恥故為師者亦必以是求合於學者之父兄盖自唐李翰已有蒙求矣若蒙求之類以十數皆不行於世獨蒙求尚有誦習者良由蒙求語意明白易誦故耶然皆不若王君所編為包括古今該備治亂

不悖於先儒之論議於小學不為無補然余疾讀一過猶以事跡之繇有非童子所能悉者雖成人亦可讀之以為歷代史記之目也若王君之用心不既勤矣乎敬題其卷首而歸之

真武啟聖記序

易曰天一生水地六成之夫一者數之始也水者萬物成形之始也生數奇成數偶於位為北北者背也北方象人背故北極出天最高又北之為文從人相背陽至

冬至而止又自冬至而復生於卦為坎水之為文象形為坎卦東西分流於乾坤之四德為貞貞者正而固也二義太玄擬易於貞曰罔冥亦二義在天斗牛女虛危室壁七宿列於北方成形為真武真武者龜蛇也青龍白虎朱雀皆一物而真武獨二物不謂之龜蛇而謂之真武象其為色赤而黑龜蛇則然有鱗甲武之象也真武之神始降宋真宗時為祠徧天下大元之興實始於北方北方之氣將王故北方之神先降事為之兆天既

告之矣武當山在西南方巍然高且大真武神依焉黑衣被髮仗劍而踐龜蛇人往往見之至今常然五龍觀主張君洞淵篤於信道強立不撓皇太后聞而召之會京師太旱自去年九月不雨至於四月天子以為憂皇太后使人持香從張君禱焉先雨張君為之日時已而果然大雨累數日乃止遠近皆霑足皇太后厚賜之盡分其徒不以一錢私己具行若是眞所謂絕無而僅有者哉是宜神之相之也張君持所刊啓聖記徵余為序

今為誦所聞而書之

清權齋内藁序

清權子處山林而不忘於世故混人事而不累於塵俗一草冠一布衣逍遥天地之間傲睨萬物之表歌聲琅然若出金石古所謂磈磈列缺魁詭譎怪之士吾何幸聞其言讀其書耶古之能言者去之千載或數百年皆不得而見之所賴而傳者書也然則余雖未得與清權手談固已因其書知其人矣亦有因余言而得清權之

心者乎予名石翁姓黄氏清權其自號云

葉氏經疑序

大凡讀書不能無疑讀書而無所疑是蓋於心無所得故也無所得則無所思不思矣何疑之有此讀書之大患也善讀書者必極其心思一字不通弗舍之而求一句一句不通弗舍之而求一章一章不通弗舍之而求一篇夫如是則思之深思之深則必有疑因其疑而極其心思則其有得也凡書皆然經爲甚何者六經其來

最古傳之久而譌謬生焉以今人而臆度古人吾見其不能矣則夫疑之多也何怪通川葉君白首於六經凡有疑皆萃而為一編其疑之淺深固未易遽釋而其所以疑者有以見葉君之用心於經書而非泛泛口耳之學所可同年而語矣葉君以僕嘗從事於斯不遠千里來求序引故叙其所以疑者覽者其詳諸

闕里譜系序

魯國孔君文昇以書抵僕示以闕里譜系求僕為之序

且自叙其世家曰文昇之十二世祖諱檜後唐同光間避亂自闕里來居溫州之平陽檜生奕奕生源源生實實生會麗水縣丞會生平平生達達生公志公志生師古處州司戶參軍師古生炳炳生貴敬貴敬生潼孫是為文昇皇考始家於杭宋德祐末職教建康當是時大兵渡江道梗不可南因又家焉至元廿八年以官事赴大都道卒臨清文昇忍死扶柩歸葬建康而諸孤長者方十歲小者未離乳抱家貧累衆不能復歸溫州既又

娶於溧陽攜諸孤就外氏以居遂為溧陽人矣竊懼久而忘其所自來故切切然以譜系為急僕嘗謂人之得姓始皆一也至其末流餘裔往往不知其所從來者歷年之多遷徙之不常而文獻之不足徵也今孔君自曲阜而溫自溫而建康自建康而溧陽凡三徙矣其視溫之族已若溫之視曲阜矣數世之後愈遠而愈疎譜系之作其可緩乎子曰夏禮吾能言之杞不足徵也殷禮吾能言之宋不足徵也文獻不足故也孔君清修好學故

能繼紹先志纘述家譜使後世子孫知本支之傳愈久而不忘夫禮者所以教民不忘其所由生也君子謂孔君於是乎知禮謹按自先聖至平陽府君凡四十二世至文昇凡五十四世繼自今子子孫孫脩先世之志勤勤以譜系為事雖百世可知也歷年雖多遷徙雖不常尚何久而忘之之懼乎君字退之今為浙西廉訪椽云

高惟正吳山紀實詩序

吳僧元拙與余遊三十年一日自吳過余持臨邛高文

度字惟正所為詩見示且曰吾鄉有丁景仁自少小學
於高惟正惟正既没景仁哀其師之無成而至於卒也
求其遺藁得詩百篇刋諸木使行於世余聞而嘉之自
師弟子之道廢世之學者其始未嘗無師及其稍有所
立即以師為諱蓋不止於師死而遂倍之也而况高君
之窮其生也無以為資其死也不以壽而又無子孫以
繼其後景仁拳拳不忘其私淑之意必欲使其名因是
編以不朽忠厚之至也推是以往則其於人倫之間從

可知已故余深嘉之而為之序若夫高君之詩清雋奇雅吾友龔子敬言之詳矣余復何言哉景仁名應榮濟陽人今居吳云

松雪齋集卷六

總校官候補知府臣葉佩蓀

校對官中書臣費振勲

謄録監生臣陳　全

元·趙孟頫 撰

松雪齋集（二）

中國書店

詳校官户部員外郎臣牛稔文

松雪齋集卷七

元 趙孟頫 撰

記

吳興山水清遠圖記

昔人有言吳興山水清遠非夫悠然獨往有會於心者不以為知言南來之水出天目之陽至城南三里而近匯為玉湖汪汪且百頃玉湖之上有山童童狀若車蓋

者曰車蓋山縣車蓋而西山益高曰道場自此以往奔
騰相屬弗可勝圖矣其北小山坦迤曰峴山山多石草
木疎瘦如牛毛諸山皆與水際路遶其麓遠望唯見草
樹緣之而已中湖巨石如積坡陀磊磈葭葦叢焉不以
水盈縮為高卑故曰浮玉浮玉之南兩小峰參差曰上
下釣魚山又南長山曰長超越湖而東與車蓋對峙者
曰上下河口山又東四小山衡視則散布不屬縱視則
聯若鱗比曰沇長曰西余曰蜀山曰烏山又東北曰毗

山遠樹微茫中突若覆釜玉湖之水北流入於城中合

苕水於城東北又北東入於震澤春秋佳日小舟泝流

城南衆山環周如翠玉琢削空浮水上與船低昂洞庭

諸山蒼然可見是其最清遠處耶

縮軒記

余與戴子遇於浙水之上相嚮而笑曰胡然而來乎於

是握手而語促膝而坐莫逆而相與為友其游從之樂

大暑金石焦草木枯大雨沾裳濡足而不以為困商論

辨析百反而不以為異已俄而戴子有歸志曰吾將歸乎四明之山遵海濱而處辟吾堂之南靁名之曰縮軒子能記之否乎曰何哉子所謂縮者戴子曰甚矣吾之衰也吾畏人者也余仰而聽俯而惑曰人之生也必有歉然不足於中而後畏縮怯耎之心生今子貌枯而道腴家貧而德新人將畏子子何畏於人而何縮之云乎戴子曰向也吾睢睢而于于而無與居高吾冠博吾裾自以為讀先王之書出而用之上可以佐時下不失自

娛當是時志進而已君子得時則大行不得則龍蛇吾
聞之知進而不知退知存而不知亡千歲之後人將謂
我愚今吾往矣木石之與居而麋鹿之與羣而已耳且
子獨不見夫魚與鳥乎山林之樂江湖之性雖有韶濩
之音子都之姣一旦遇之飛者決起游者深潛矣憂患
怵乎吾情而事物感乎吾心世且與我違矣而欲不縮
得乎余喟而歎曰吾過矣子之言是也吾喻子志矣天
下莫夭於盜跖而顏子為壽莫貧於齊景而伯夸為富

萬鍾之禄君子或以為不足袞衣之榮君子或以為辱世以為石君子以為玉由是言之則子所謂縮者豈非屈於一時而伸於後世者耶

默齋記

華陰楊君士桓名所居室曰默齋而屬余為記余嘗試為之說曰言者心之所發也人心之動必形於言故凡有動於中者雖欲不言而欲不類不可得也故喜則言便怒則言躁悲則言慘憂則言蹇忿則言煩戲則言

甘氣直者剛以達謀深者險而詭德厚者簡而中資美者清而高峻者必暴而支者必疑此類之所可推而君子亦以是觀人焉傳曰言行君子之樞機樞機之發榮辱之主也一言可以為榮一言可以為辱言固不可不慎也而亦不能無言也今子以默自銘豈遂欲無言乎夫陰者陽之基也靜者動之代也陰不極則陽不生靜不極不能以致動今夫雷霆之震驚凡天地之間萬物之衆蝡動喘息有知無知之殊皆鼓舞動盪氣達而甲

圻其功若是然而至於秋冬之交則默然若無有者一
或發聲則妖異隨之矣向使雷霆日日而鳴則吾見萬
物英華將不斂英華之不斂則生意幾息又何望於遂
其性哉君子之道或默或語陰陽之義也孔子曰夫人
不言言必有中老子曰大辯若訥是故人患不能默耳
不患不能言也茍能默矣於言乎何有平居恂恂如不
能言及夫臨大事決大議一言而人無異辭此古所謂
能默然者也而非無言之謂也士桓其勉之哉

明肅樓記

至元十六年詔立後衛親軍都指揮司設使副僉事統選兵萬人車駕所至常從營白雁口既成官有廨士有舍糗糧有倉金鼓有樓器械有局交易有市凡軍中之政畢舉營南迫信安河西臨滹沱白溝東與郎城蛤蜊港接越六年當至元廿一年秋大霖雨明年秋又雨羣川漫流營居水中士馬告病樞密院以聞得旨移稍西於是重作圖營去卑就高舍危即安衆心胥說不日成

之士强馬蕃視昔為雄由是開屯田千頃用其農隙以講武事無坐食倉廩之弊而有古者寓兵於農之遺意焉中營為樓凡數十楹懸金鼓以警士之視聽雄偉壯麗去地百尺憑高遠望可盡數十百里之外歲時椎牛釃酒高會饗士三令而五申之士皆不敢仰視坐作進退無不如法自衛帥以下咸請名斯樓而記之僕聞之古人有言曰兵政貴明軍令貴肅舍明與肅非政令之善者迺名之曰明肅而求集賢侍講學士宋公大書以

區其顏方今天子聖明四海之内晏然無桴鼓之警宿衛之士皆安生樂業除其器械足其衣食春秋屬橐鞬簡車馬從乘輿巡幸蒐獮出入神旗豹尾之間示不忘武備而已而諸公能於無事之時勤於軍政如此其所謂暇且整者耶夫君子聞鼓鼙之聲則思將帥之臣況入營壘登斯樓見其行事者乎可以知一時將帥之賢矣抑又聞之古之謀帥者以說禮樂敦詩書為賢詩書禮樂疑若於將帥邈然不相及然欲使士卒皆有尊君

親上之心非是四者其孰與於此故因記斯樓之成而併
書之以為諸公勉是役也諸帥既定議簽事劉公實董
其事云

完州前進士題名記

古者鄉州黨遂皆有庠序以教學者其大夫長正亦皆
其鄉之長老以帥其子弟故民之從之也易夫惟其從
之也易則人才之衆多匪降自天亦人力之助也金自
有國以至於亡僅百年然以文取士完州之境登進士

第者舉不乏人當金之時完未為州永平一縣而已夫
一縣不為大也百年不為久也而士往往以儒科起家
豈可謂非美哉劉君安仁完人也余往在江左識之及
予來燕謂余曰曩吾邦之美若是而今也則亡吾恥之
思琢石大書鄉先生之以進士進者刻之學宮將使往
者傳遠而不墜來者景慕而知勸且求余文為之記安
仁斯言真仁人之言也古之鄉長老師其子弟而教之
其意亦若是而已自世俗觀之孰不以為迂踈不切而

安仁乃汲汲然若已有所未足而為之非知本乎夫儒者之事通乎天人而接乎聖賢推而放之可以為邦國之光卷而懷之猶不失為身修家齊之士可不務諸於是探討故實自天會訖於正大得三十有六人併攷其官簿書而刻之凡完州之士非其曾玄則其雲仍也盍思勉於學以無負安仁之意孔子曰十室之邑必有忠信又況以一州之庶豈無聞風而興起者哉安仁名某今掾中書省云

賢樂堂記

延祐四年某月某日奉詔作林園於大都健德門外以
賜太保曲室且曰令可為朕春秋行幸駐蹕地有司受
詔越月而成南瞻京闕雲氣鬱葱北眺居庸峰巒崒嵂
前色平原郤椅絶噚山回水縈誠畿甸之勝處也中園
為堂構亭其前列樹花果松柏榆柳之屬不侈不隘克
稱上意集賢大學士臣邦寧復請賜名其堂若亭乃命
臣趙孟頫具名以聞於是請名其堂曰賢樂之堂孟子

所謂賢者而後樂此者也亭曰燕喜之亭詩所謂魯侯
燕喜者也制曰可即日命昭文館大學士臣溥光書以
賜之太保公復俾孟頫為之記以表上恩及名堂之意
古者賢公卿大臣遭遇時君得志當世蓋亦有園池臺
榭之觀非徒以適宴休縱逸遊而已將以散意息慮思
其政求其道推其樂於天下以輔成其君也惟古之為
園也臺榭也必以仁為之基義為之塗禮為之藩垣不
言而信及於豚魚不動而澤被乎草木品物欣欣各得

其所是以居之而安遊之而適思之而得求之而合推
其樂可以及乎四海保其地可以傳乎子孫故孟子曰
賢者而後樂此不賢者雖有此不樂也公以深忠碩德
光輔聖明位列三公恩冠百辟而戰戰慄慄夙夜匪懈
恒懼無以報聖天子之深恩近有詔進公太傅公俯伏
力辭必得請而後已然後人始知有辭讓之風非賢乎
況茲園池臺榭之為不作於已而受於天子且天子不
以賜他臣而以賜公是天子以賢賞公而公以賢受賞

君臣一德相際如此必能推其樂保其地如古之賢者則魯僕燕喜之頌不得專美於前矣此名堂若亭之意而天下亦以此望於公也敢書以為記

大雄寺佛閣記

閼逢涒灘之歲春正月長興大雄寺僧道成使其徒得愚以書來謁曰大雄故陳之報德寺而今名則宋治平間所更也廣廷大殿規制偉傑殿北故有華嚴殿荒陋迫阨見者咸謂弗稱道成乃與居拱者謀即其地建佛

閣三十楹既成中置大像復作小像千翼之黄金莊嚴
勝相備具蓋裒人之施竭己之資崇積銖寸忍可誓願
歷一星周而僅有濟今拱既死而道成亦已老矣恐遂
泯泯無以示後人敢以記請余竊嘉其志乃為之記曰
天下之事類非苟且欲速者所能為也夫欲速則志不
達苟且則功易墮吾觀二子經營謀度忘十年之久而
以必成為期故能闢隘陋為高明化荊棘為岑樓繚以
朱闌覆以重檐然後視殿若廷始若無愧徹夫二子堅

持之操勤篤之行弗遽弗橈安能以小致大以難致易
訖不違其志如此哉其視世之茍且欲速徼倖旦莫者
所成就為何如是可書已按長興為陳高祖故里寺其
宅也有檜在廷直殿之西偏邑長老言當時故物也蒼
皮赤文破裂奇詭而茂悅之色千載不渝余故每至輙
盤桓其下而不能去及登斯閣為之四顧山川寂寥萬
象蒼茫古人遺跡皆已湮沒無餘矣而此樹婆娑獨以
浮屠氏故得全是豈偶然也哉則又為之咨嗟歎息而

不能已寺在唐會昌間嘗廢至大中乃復又一百年當
宋天聖三年寺僧志輦等始新作三門又二百年而閣
始建縣陳天嘉至於今其廢興大略如此寺故無紀載
故余併及之使來者有攷焉

瑞州路北乾明寺記

瑞州城東北有山曰妙高登茲山者山川之高深樹木
之陰森蓮花之敷芬禽鳥之翔吟凡一郡之勝萃於人
目蓋俗氛所不能至而佛境之所融攝也在昔宋時祠

洪山靈峰尊者於其顛郡人禱焉雨暘弗愆而物無疵
癘於是延乾明寺尼妙智俾主祠事智以苦行淨業檀
施聿來因闢祠為寺而自別為北乾明焉仍乾明之名
示不忘本而加北者以方所言也既乃度元勝永遠了
敬紹勤為徒敬也勤也得智之道相與刻苦勵志拓故
宏新而敬之徒法玉貴亨益思所以卒智之始圖乃構
堂以安清鉢築室以嚴淨居法堂西敞靈祠南啟佛天
菩薩羅漢之像經律論教之藏各為大屋以覆之棟宇

之隆雕塑之巧繪畫之工黄金丹砂璀璨芬郁之飾種
種莊嚴咸詣其極最後作堂於萬竹中以為宴坐之處
紫節湘斑森然林立如植幢蓋風生而璆琳鳴雨集而
鸞鶴舞見者驚喜至者忘歸其所成就如此而録教事
者方且以事撓之若不可朝夕居元貞二年了敬乃攜
其徒玉與亨之建康求直其枉遂絶長江渡大河北走
京師行御史臺中丞張閭公宣政院參議旦牙公引以
見大護國仁王寺瞻八大師以其事上聞有旨護持禁

母擾其寺且賜了敬號圓覺大師已而皇太后妃子皆
憐之賜衣與食又降懿旨以其寺充位下焚修道場度
弟子出入宫掖得乘水驛往來大恩優渥可謂至矣山
靈川祇亦大歡喜適中丞公行宣政院於杭敬與其徒
自江右來謁公公示孟頫以事狀命為文記其始末乃
叙其事以為記了敬宜以遭逢自慶益自砥礪究竟六
度上報國恩其徒亦宜淑慎持戒精進不退以成敬之
志則庶幾無負國家崇重之意未幾中丞公拜中書左

丞將行以一大藏經與之使迎至乾明有以見中丞公之能施而二三比丘尼其道有足以動王公大人者皆可書也自智之建寺其法蓋甲乙相傳云

九宫山重建欽天瑞慶宫記

九宫之山真人居之其山之高去地且四十里殆與人煙絶多壽木靈草幽花上欒薈蔚藿靡蒙籠蔓延於其上清冷之泉噴薄飛流於其下蓋遊仙之别所而栖真之福地也自真人之居是山禱焉而雨晹時祈焉而年

轂熟故宋人築宫而嚴事之其事則司業易公之記可
攷矣已未江上之役兵既解而宫毁於盗沖隱大師封
君大本與其徒思復于古昔拾瓦礫除蓁莽度才鳩工
作而新之迺作妙應之殿殿西南鄉為淵静之居東為
方丈殿南為天光之堂其上曰朝元之閣閣西龍神殿
東為藏室皆南鄉閣之南為仙游之殿又南為通明之
殿殿西為西廡廡西為道院其東亦為廡東廡之東為
齋廚倉廩廡南為天聲之樓縣大鍾於樓中樓東西面

又爲道院庭西東面爲朝真之館中庭爲虚皇之壇壇南爲碑亭亭南爲三門門東爲化士之局西亦如之三門之南爲華表其東西皆屬以周廊門南爲壺天之亭又南爲天上九宫之門合數百間皆雄傑壯麗儼若清都縹緲靚深疑出塵境雖仙靈之宅陰有相者亦不可謂非人力之極致也當封君時則有若某某同其勞封君既老戴君繼之最後得法師羅君希往某某成其終由封君以來歷年三十更有道之士十數然後毁者復

完廢者復興卑者崇之缺者增之百神之象祭酒之器養生之田鼓鐘幕帟供張之具視昔有加焉豈非難哉豈非難哉至元丁亥孟頫奉詔赴闕始識法師羅君於京師而又與余同邸舍居久之以記為請不得辭乃叙其事而記之然余於此重有感焉使世之儒者不廢先儒之說以正誼明道為心令議者不得以迂闊而非之則斯文當日新庠序當日興子衿之刺不作矣豈惟是哉使天下之人農工商賈皆不墜其先人之業各善其

事則家日以益富生日以益厚安有壞家毀屋者哉余

於此重有感焉故併書使刻之石後之人其尚思余言

毋俾其成之難者敗於易也今天子崇信道德凡兹山

之田皆已復其租矣衣食於山中者盍亦思庶人帥子

若弟終歲勤動以供賦役而吾乃得優游逍遥茹蔬飲

水以自樂其道宜何以報帝力哉羅君方以道術受知

聖明其必有以也

南涇道院記

澉右之地水居十七其勢汪洋沮洳往往而是水行之

道可以通舟楫土人謂之為涇嘉興城西南五十里而

遠曰秀涇有張氏者居其地德祐之末燬於兵火張君

全真迺改築於秀涇之南所謂南涇者也旣而其妻死

不復娶闢以為道院脫儒冠著道士服翛然獨處以頤

性養神為事凡田疇所入悉以供土木工估中為殿堂

祠玄武神其背為延眞之閣講道之堂其左右為棲士

之舍其陽為迎仙之橋放生之池因池為堤列樹松柏

梅竹又南數十百步有大樸數百年物作庵其下曰樸
庵陂塘環縈林木蔽翳境物潔盛清人心目故遊方之
士樂其處而多至焉蓋經始於至元丙戌歷十有餘年
而後成亦勤矣哉人之生也自非聖賢莫不有所役或
役於名或役於利大有所求則大役小有所求則小役
總總如也割去世累優游恬淡以求自適雖未為無所
求其視汲汲於名若利匍匐顛仆於汙穢之塗規毛髮
衣食以嫗喣妻子相去豈不遠哉初松江修竹胡氏事

玄武甚嚴其家火而神像儼然獨存張君迎歸構殿以祠之上梁之日雨幾不克建張君禱焉俄有白鶴廿八從東北來翱翔其上良久西南去雨隨已而大雨於西南三里之外何其異也上强山僧靖達從吾遊道張君之為人且道其意乞文記其始末故表其言以為記

管公樓孝思道院記

按吳興志齊管夸吾之後有避地於此者人因名其地曰樓賢令烏程樓賢山是也其裔散處郡邑迄於今不

絕吾妻仲姬所自出也仲姬名道昇父諱伸字直夫倜

儻尚義晚節益自憙鄉里稱之曰管公無丈夫子仲姬

特所鍾愛至元廿六年歸於我皇慶元年以余官二品

封吴興郡夫人夏五月賜告還家閒謂吾曰道昇先人

没而無後禮婦人内夫家而外父母家又不得祀公歲

時奉嘗缺焉此不能不重哀思者每一念之未嘗不涕

横集而心欲折也幸先人敝廬無恙意即是建祠俾方

外士為之嚴事庶乎少紓予哀而其為久遠計也似亦

可哉吾咨其孝又善其處是也得禮外意遂如其言爲卜相其宜創樓三間以祠公及公之配周凡材竹甓石悉撤其舊而壹新之既成使道士掌之扁曰孝思道院又買腴田三十畝以供祭祀且足其食余時與仲姬往造其間焄蒿悽愴祭饗從里俗或者亦足以少慰公之靈營也哉書事於石尚俾我後人勿替夫人之志云

碑銘

大元勑賜故榮禄大夫中書平章政事守司徒集

賢院使領太史院事贈推忠佐理翊亮功臣太
師開府儀同三司上柱國追封趙國公謚文定

全公神道碑銘

太祖皇帝既受天命略定西北諸國回鶻最彊最先附
遂詔其主亦都護第五子與諸皇子約為兄弟寵異冠
諸國自是有一材一藝者畢效於朝至元大德間在位
之臣非有攻城野戰之功斬將搴旗之勇而道包儒釋
學際天人寄天子之腹心繫生民之休戚者惟趙國文

定公而已今上皇帝臨御之七年始行襃邺之典於是
贈公祖父官爵勲封越明年復賜碑墓道命臣孟頫為
之文當世祖時公為平章政事臣為兵部郎中趨走省
闥識公為舊承言論政知公為詳敢不祗奉明詔公諱
阿魯渾薩理回鶻北庭人今所謂畏吾兒也以父字為
全氏曾祖諱乞赤也奴亦納里妣可呂竭失怗林祖諱
阿台薩理贈保德功臣銀青榮禄大夫司徒柱國追封
趙國公謚端愿妣張氏追封趙國夫人父諱乞台薩理

早受浮屠法於智全末利可吾坡地沙圓通辯悟當時咸推讓之故其師又名之曰萬全事世祖皇帝歷大同路僧衆都提領釋教都總統同知總制院事統制院使積階資德大夫號正宗弘教大師累贈純誠守正功臣太保儀同三司上柱國追封趙國公謚通敏妣李氏累封趙國夫人初通敏公從父自燕還北庭生公兄弟三人已而被召留妻子北庭公兄弟稍長奉母東求其父歲餘至雲中得通敏公居三年公從國師八思馬學浮

屠法不數月盡通其書旁達諸國及漢語世祖知其材
俾習漢文書頃之遂通諸經史百家若陰陽歷數圖緯
方技之說靡不精詣會國師西還攜與俱歲餘乞歸省
師送之曰以汝之學非為我佛弟子者我敢受汝拜耶
勉事聖君相泣而別比至闕師已上書薦之裕宗得召
入宿衛日以筆札侍左右至元二十年冬有二僧西來
見自言知天象上召通象胥者數輩與語莫能解有脫
烈者言公可使立召與語僧乃屈謝不如上大悅明年

夏擢朝列大夫左侍儀奉御秋置集賢館命公領集賢
公請以司徒撒里蠻領之乃以公為中順大夫集賢館
學士兼太史院事明年夏遷嘉議大夫明年春升集賢
大學士中奉大夫明年春進資德大夫尚書右丞並兼
太史院事冬拜榮禄大夫平章政事兼集賢大學士太
史院使廿八年乞解機務以為集賢大學士三十年加
領太史院事自初授官至是凡八遷並兼左侍儀奉御
明年世祖登遐裕聖皇后命公帥翰林集賢太常禮官

備禮冊立成宗即皇帝位明年春以翊戴功加守司徒
大德三年復拜平章政事十一年春成宗晏駕哀慟成
疾秋八月十有七日薨於大都發祥里第年六十三以
是月某日葬城西南岡子原通敏公兆次公開明廓深
喜怒不形於色仁足以立政智足以周物明時務識大
體初為世祖所知即勸以治天下必用儒術江南諸老
臣及山林藪澤有道藝之士皆宜招納以備選録於是
置集賢院下求賢之詔遣使天下天下聞風而起至者

悉命公館之禮意周洽皆喜過望其有不稱旨者亦請厚賚而遣之以勸來者而集賢長貳極一時名流盡公所薦用又請置國子監學官增博士弟子員優其廩餼學者益衆及尚書省立相哥用事詔公貳政公固辭上怒不許相哥政日横引用羣小以為腹心公彌縫其間小者損益大者力諫初猶信用久漸乖逆又立徵理司徵責財利天下囹圄皆滿愁怨之聲載路會地震北京公極言地震職此之由上詔罷之盡以與民詔下之日

京師民相慶市酒為空相哥益怒數奏公沮格及相哥
敗公一無所汙然猶坐累籍沒相哥臨刑吏以公為詰
相哥曰我惟不聽彼言以至於此上知公無罪詔還所
籍財產裕聖皇后聞其廉正賜以金帛辭又命所籍未
盡還者還之又辭成宗即位賜楮幣二十萬緡乃受初
成宗在潛世祖聖意已有所屬成宗屢遣使召公公託
疾不往及成宗儲位既定索棋具於公公始一至其邸
成宗曰人誰不求知於我汝獨不一來我非為棋具正

欲一見汝耳汝可謂得大臣體矣元貞大德間得賜坐
視諸侯王者才五六人公必與焉上嘗謂近臣曰若全
平章者可謂全才矣於今殆無其比左右或呼其名上
必怒責之曰汝何人敢稱其名耶公歷事兩朝餘二十
年通夕未嘗安寢或一夕至再三召日居禁中彌綸天
下之務雖妻子未嘗聞其所言每一政出一令下莫能
知其自公也有譖公者公不辨而上亦不疑及公罷政
有劉監丞者言公在太史多言災祥事預國休戚大不

敬上大怒以為誹謗大臣當抵罪公頓首曰臣不倖賴
陛下含容天地之恩也若欲寘劉罪臣恐無復為陛下
言者上怒不已公力爭之乃得釋公所為類如此公平
生雅好推轂士由公進者凡數十百人位至公卿大夫
者不可勝紀而未嘗有德色前後所賜金玉束帶裘服
弓矢寶器常辭讓不敢當嗚呼若公者乃可謂大臣者
矣公娶郜氏封趙國太夫人子男三曰岳柱資善大夫
隆禧院使力學為政有父風曰丛著翰林侍讀學士中

奉大夫知制誥同修國史卒官曰買住早世女一適榮
禄大夫徽政院副使也速孫男三曰普達答里麻安孫
女二銘曰
世祖制治三五同風立賢無方如湯執中惟文定公始
事裕宗戰戰兢兢夙夜在公名聞天子為天子使一話
一言納民於軌既闢賢館亦集太史學究天人道通孔
李保我皇極烝我髦士萬國熙熙衆生濟濟權臣怙勢
羣小並起皎然芙蓉出於泥滓成宗當陽帝貽孫謀惟

公佐之益闡大猷其心孔休其政孔脩物無不周義無
不由成宗賓天公亦長逝生死以之君臣之義斯民之
悲哲人之淚竹帛煌煌千載無媿繼述濟美褒崇斯備
刻辭豐碑用勸來裔

故昭文館大學士榮禄大夫平章軍國事行御史
中丞領侍儀司事贈純誠佐理功臣太傅開府
儀同三司上柱國追封魯國公謚文貞康里公
碑

粤若稽古唐虞三代之時堯舜禹湯文武之為君皐夔稷契伊傅周召之為臣明良相逢道同而德一天為之清地為之寧四海晏然萬物咸遂是皆有以開乾坤之運鍾川岳之氣故能致雍熙之和立泰平之基歷數千載其事紀於詩書不可誣也唯我世祖聖德神功文武皇帝躬神武之姿心仁厚之德混一區宇視民如傷中統至元之間民物熙熙知有生息之樂蓋將絫堯舜而四三代時則有以道事君不詭不阿躋世於時雍若皐

夔稷契伊傅周召之為者則魯國文貞公其人也公諱
不忽木自祖父海藍伯而上世為康里部大人海藍伯
事王可汗王可汗滅帥麾下適去太祖皇帝虜其全部
以歸第十子燕真年十餘歲分賜莊聖太后性恭謹善
為弓服事世祖皇帝不離左右配以高麗美人名長姬
姓金氏生五子次二為公公幼事裕廟於東宮間因簡
衛士子俾師贊善王恂恂從北征而太傅魏國許文正
公衡為國子祭酒公時年十二䯻目秀美進退詳雅已

如成人父知其非常兒請於上欲教之讀書有旨入國
子學師事許公性强記日誦千餘言有問必及綱領許
公亟稱之謂公必大用於世名之曰時用字之曰用臣
起家為利用少監出為燕南河北道提刑按察副使尋
陞提刑按察使嘗使河東道遇飢民死徙相屬因便宜
發廩所活數萬人歲旱行部所至輒雨入為吏工刑三
部尚書桑哥得政公數與之爭事於上前桑哥怒切齒
於公使西域賈人詐為訟冤者遺公美珠一篋公却之

已而知其謀出於桑哥因謝病免拜翰林學士承旨奉

使燕南公弟野理審班與徹里等閒劾奏桑哥上怒捕

繫桑哥遣使者趣召公還入見語連日夜卒誅桑哥桑

哥誅命公為丞相公讓太子詹事完澤是時上春秋高

成宗將兵北方位號猶未正公謂相東宫舊臣則衆論

自定國家自安矣上默然良久歎息言曰卿慮及此社

稷之福也於是完澤為丞相而公平章政事桑哥時賣

官高下有定價上自朝廷下至州縣綱紀大壞在官者

以梧克相尚民不堪命往往起為盜賊公與諸公謀議欲革桑哥弊政首召用舊臣為桑哥所斥逐者尤重文學知名之士使更相薦舉雖毫髮之善亦無所遺桑哥之黨唯忻都納速納丁蔑理王濟等罪狀尤著則劾治而誅之其餘隨才拔擢待之無間由是人情翕然悅服每遣使必慎擇其人使還問之以所至長吏為政善惡之狀其自四方來者亦然參伍相驗無能欺者苟政績尤異輙上聞或賜璽書或賜衣物隨加遷擢故當是時

百官得其人萬事得其理陰陽調和年穀屢登庶民樂業海内大治世祖莫年以天下事屬之於公嘗謂公曰太祖有言國家之事辟右手執之復佐以左手猶恐失之今吾為右手左手非汝耶上每與公極論治道古今成敗之理至忘寢食或危坐達旦謂公曰曩與許仲平論治許仲平不及汝遠甚先許仲平有隱於朕耶抑汝之賢過於師耶公惶恐謝曰臣師見理甚明臣之所聞知何足以跂其萬一第臣師起於布衣君臣分嚴進見

有時言不克究臣賴先臣之力陛下撫臣兄弟如家人
兒子朝夕左右陛下又幸聽其言故得盡言至此上又
嘗撫髀歎曰天既幸生汝為吾輔佐之臣何不前二三
十年及吾未衰而用之哉已而顧謂侍臣曰此吾子孫
之福也或上書謂征流求國及徵江南色銀有詔集百
官議而行之公力請於上為寢其事公以朝廷庶政多
仍襲前代第求詳於簿書稽古禮文之事顧缺而不講
已奏得旨與文學之士共議定為規制使萬世可以循

守用事之臣有不便者力加沮抑故其事中輟識者至
今為恨太尉伯顏受遺詔立成宗召公共定大計丞相
欲入亦拒不納成宗立以公為先朝腹心之臣尤加禮
重事有不可行公必侃侃正言援引古今復甚力上聞
之悚然雖已成命數奪而止公在中書同列頗嚴憚公
或以私意干政公輙拒不從繇是深以為怨會公以疾
在告上亦不豫久因搆公與丞相有隙出公為陜西省
平章他日聖體稍安怪公不預奏事問知其故大怒責

丞相以為欺立召公復入中書公體素弱至是氣羸益甚上以御史臺事簡拜昭文館大學士平章軍國事行御史中丞領侍儀司事公已去中書朝廷之政稍紊於其舊久之丞相頗覺為同列所誤不得與公共事對公引咎自責流淚濡襟未幾果以累聞於是朝廷益知公之賢公在御史臺監察御史及各道廉訪使者多擇士人為之患吏不知義理言通一經一史試吏及勸上降詔勉勵學校議行科舉所改苛法如按官吏犯贓子不

得證父妻妾不得證夫主皆仁政之大者公慮完澤之
後大臣中無可繼之者乃薦荅剌罕哈剌哈孫自江浙
行省平章政事召拜丞相嚴重守正卒有功於社稷武
宗出鎮北邊百官郊餞欲與公易所騎馬公謝不敢當
第獻所騎馬明年使者自塞上來賜公名鷹一蓋武宗
已屬意於公矣公喜劑量人才聞人有善汲汲然求之
唯恐不及今之朝士凡知名天下者皆其客也世祖知
公之貧數厚賜公公悉以分昆弟故人之家無所遺餘

子孫所仰唯第宅碾磨之類蓋賜物之不可分者公薨
於大德四年某月十七日年止四十有六天子震悼士
大夫哭泣相弔是月廿七葬大都西四十里東安祖之
原葬之日都城之民為之罷市公得君而不恃得人而
不滿居高位而自卑若不足天下視其身進退為朝堂
重輕十年武宗追念其忠贈純誠佐理功臣開府儀同
三司太傅上柱國追封魯國公謚文貞夫人寇氏王氏
皆魯國夫人寇氏前卒生子回今為淮西廉訪使王氏

御史中丞薊國文正公壽之女生子巙巙今為集賢待制女立童適御史中丞相朶兒赤之子不花二夫人皆與公合葬父官至衛率贈開府儀同三司上柱國追封晉國公母晉國夫人祖父贈光禄大夫上柱國追封河東郡公祖母河東郡太夫人世祖臨崩賜公璧一曰汝死持此來見我故公之薨與璧俱葬君臣之義死生不渝如此銘曰

大哉有元皇皇世祖仁明而武以一天下天下旣一帝

賚良弼整我皇綱儀爾百辟於唯魯公百辟是儀篤學力行聖賢為師利用是監揆察是司入長天官天官唯時迺董考工百工攸宜迺領司寇直哉無私爰陟辨章百揆咸叙無言不讐帝所倚注銖錙惡草長養嘉穀晚領臺綱朝廷是肅父父子子夫夫婦婦下毋證上風俗益厚當是之時陰陽和平雨暘時若百穀熟成薄海内外於變時雍匪公則賢維帝任公昔在唐虞皐夔稷契殷周之世伊旦孔碩公之事君動與道俱雖古名臣何

以加諸帝將上天白璧是授公今雖沒在帝左右王城之西巍巍高墳樹之松柏鬱然如雲盛德之源澤流子孫凡百有位視此刻文

程氏先塋之碑

至元二十四年孟頫自布衣蒙恩擢兵部郎中時員外郎程君天錫實為同僚以故知之為詳君天姿樂易未嘗見慍色家既饒財好士而能施視人之急難若已處之有求者輙與無所靳其居官不避事與之處愈久而

無怨古之所謂豈弟者君其近之孟頫自兵部遷直集賢君陞郎中孟頫既外補君乃閒居不復求仕進徜徉閭里間自樂而已元貞元年孟頫蒙恩召至都下見君顔貌如渥丹視在兵曹時不加老然後益知其所養者為不淺淺也一日謂孟頫曰禹圭家世居蒲金末自蒲來燕居燕者三世矣墳墓皆在燕自曾祖而上皆葬於蒲道里之遼遠譜諜之散亡葬於蒲者既已不可得而考矣既往者不可得而追矣而今而後不思所以傳久

遠則葬於燕者又安能久不泯哉知我者莫如子圖所以傳久遠者莫如子之文子其為我圖所以傳久遠者
孟瀕識君且十年其交情如一日欲辭則不可乃按其行狀叙而銘之按程氏其先蒲人世以農為業曾祖諱
浩字浩然性機巧凡工事無所不解由是舍農而工技藝之精出儕輩右年八十四卒妣羅氏祖考諱璋字彦
玉資剛毅以倜儻見稱善商賈之事遂以致富當金之亡來居於燕程氏之居燕自彦玉始年八十三卒妣王

氏考諱震字伯威仕聖朝為人匠打捕鷹房等戶總管
慷慨不拘小節既耄乃謝事年八十三卒妣路氏治家
愿而有别年八十五卒歲庚戌總管府君卜新塋於故
燕都陽春門外三里庄以葬祖考戊辰新作大都而塋
域當御道是歲八月程君乃改卜於看舟造吉村之原
自曾祖而下三世皆徙葬焉去古既逺好名者衆爭取
先代賢臣名士高官大爵者冒以為其所自出不知誣
其祖之為過之大也程君獨不然書其行事務不失其

實亦可謂淳實不欺矣柳余觀程氏累世壽皆至八十餘至程君起家為郎光顯一時家事殷厚優游佚老年六十餘若四十許人而二子又皆秀發足稱其家易曰積善之家必有餘慶意其上世積德之厚故天之報施若是耶其餘慶蓋未艾也君娶李氏大都人二子長曰昂霄次曰沖霄銘曰

惟元貞元年歲在乙未七月朔日作程氏先塋之銘維程氏家本農也居於蒲阪聖元割金爰徙薊丘既富壽

昌看舟造吉實為燕程始祖之藏施於後人其子子孫
孫世享之

郝氏先塋碑銘 元復初製序

芒芒往古得姓維均孰匪善積而後克振郝氏之先出
太昊世裔孫封殷以采為氏秦漢梁周咸有聞人至唐
益顯位於相臣金有宛平阜魯之化從金居汴入元徙
霸卒葬盧師為燕始祖四子皆賢有孫孔武弼亮贊襄
衮職是補慶延祖考大啟土宇土宇既啟再世維公孰

匪象賢其先克封盧師之原山川之會何以樹之維松

及檜曰昭曰穆斂葬於斯子子孫孫聿來孝思維孝維

忠天監不遠我作銘詞百世其勸

松雪齋集卷七

欽定四庫全書

松雪齋集卷八

元　趙孟頫　撰

碑銘

蔚州楊氏先塋碑銘

中順大夫晉寧路治中楊侯既葬其曾祖以下三世於蔚州將立石墓左而蔚故不産佳石有告之者曰永寧口有石天成如龜趺高三尺廣四尺其長倍高侯輦致

之夜有大聲三若自龜出者又有告者曰去石龜三里許有石如碑高廣與龜稱復輦致之及門霾霧晉塞碑作大聲躍於地前行三十有二尺俟求余為文將刻諸石為余言如此余蓋疑之已而得蔚父老之言於宣德府者為之歎曰鬼神之相之也其有以哉於是復徵其行事得叅知政事王公思廉所撰俟為平定知州時德政碑言賫歷本均課程㕛皮葦輿碾磑省民錢五萬餘緡他善政甚多又得榆關岳蕃及同知武州事楊述所

為碑文言侯引龍池以給安平溝郤湫以通亂柳導盤纏河以貫裴郗凡水之利無遺力焉而侯不憚胼手胝足躬事畚鍤以為民倡故雖功大力鉅而成不踰時古所謂西門豹鄭國之流殆無以過之蓋侯性朴質強力絕人有可以利民者不啻若嗜欲使侯得居大官其所建豈止於是哉宜鬼神報之以龜石云侯名贇蔚州人年十一給事馬驛馬肥好十六歲祖母代之還家為農稍長右三部俾領三千人採木作大都城門時至元四

年也俄佩銀符見世祖皇帝於廣寒殿授蔚州採木同
提舉十六年佩金符凡四為採木提舉由奉訓大夫改
奉直大夫泰安州萊蕪等處鐵冶提舉尋知嵐州平定
州皇太后幸五臺以侯為中順大夫知宣德府仍領採
木之役特賜鈔二千五百貫貂裘一至大二年除晉寧
路治中今七十六矣上下馬如少年真奇士哉曾祖諱
德清儒而不仕祖諱萬從太師國王為副元帥佩銀符
父諱伯榮亦不仕葬以某年某月某日立石以某年某月

其日墓在蔚州麥子疃銘曰

至頑者石冥然無知無喙而鳴無脛而馳芒芒之中有物使之信哉楊侯言不吾欺興事利民甚於渴飢孰謂鬼神能報厥施彼牧民者鮮克是思剝下為利徼幸已私天則不佑雖盛必隳於維楊侯先壟在兹若祖若考英靈攸綏有龜自至負是豐碑千有百年視此刻詩

趙君謙甫墓碣

趙君諱受益字謙甫祖諱友妣鄭氏考諱成妣郭氏由

祖以上世居清州西流河之南蔡家里金末貞祐中考逃難來濟南卒葬歷城西南龜山之下十里河之原故遂為郡人焉君自弱冠習文法書數任事不避繁劇當官者以為能吏省部八舉居會計之職未嘗不課最性慷慨倜儻不事羈束初吳人黄清卿在俘囚中君憐其才傾囊贖之以歸使子姪輩從學待以師禮黄一旦有南歸之思君厚贐之且令人送達其家爾後游宦江左數年視他人所好子女玉帛棄若涕洟唯收書數千卷

而已觀斯二者可以知其為人至元癸巳四月二十六日以疾卒於家享年五十有九娶宋氏齊南名族是歲七月十九日亦卒享年五十有七子二人伯曰元正中曰元溥孫男二人曰芝曰蘭元正等以某年某月某日合葬君夫人於十里河之先塋禮也既葬元正等介道士張君來謁請余文將刻石墓左以傳不朽余聞張君言元正勤讀書元溥為吏廉謹鄉黨皆以為善人又嘉其勤勤懇懇有不死其先君之意風俗之衰久矣二子

乃能若是余何可固辭也哉嗚呼高官尊位未必皆賢卑位小官未必皆不肖若趙君者亦可謂非碌碌之士其不至於貴達則命也後之覽者以余言為信雖數千百載當勿毀焉

杜氏新塋之碑

杜氏之先曰唐相萊國成公如晦其賢天下莫不聞其言行官爵載在唐史雖不言可知也按公傳京兆杜陵人黄巢之亂子孫有自杜陵徙鳳翔者居鳳翔號縣歷

五季而宋而金其墳皆在號其世次隱顯自曾祖而上
皆不可得而詳焉祖諱松金末仕為乾州節度使儀幹
雄偉以勇略聞金亡與其子自號徙汴自汴徙鎮又徙
燕遂留居之壬子歲十二月八日疾終享年七十祖妣
張氏先卒葬於號繼室王氏後君一年卒考諱茂字光
祖張出也年十六以節度府君蔭入宿衛十八從父避
兵於燕險阻艱難中克盡孝道父喪哀麻薦奠皆有禮
人稱其孝不求仕進善治生遂致富饒節度府君之卒

以先塋之在虢也有歸葬之望故葬有闕每言及未嘗不流涕既而以居燕之久且去虢數千里顧終不能歸葬於虢乃卜地於燕都之南大興縣西宜遷邨葬曾祖衣冠以為杜氏新塋杜氏之新塋自節度府君始實中統元年八月一日也祖妣張氏先葬虢至是復以衣冠與王氏合葬焉至元九年五月五日茂以疾卒年六十四娶完顔氏至元十九年十一月十日卒再娶王氏廿八年六月廿二日卒子男三人皆王出長曰大川字伯

林為人以義自處居家孝友嘗為河間西洨股鹽場管
句奉公盡職鹽司將舉之以母老固辭至元二十四年
二月十七日卒年三十九娶轉運使周君女事舅姑有
道内外無間言良人卒誓不再嫁至元二十八年二月
卒一子善慶尚幼二子曰大興字伯榮乞文於余者也
次曰守智字善父天資明敏方有志於善至元廿四年
六月不幸早卒自考以下皆以昭穆葬新塋禮也元貞
元年孟頫蒙恩召至都下耶律公希光為孟頫言吾同

里有杜伯榮者重厚縝密務實去華事父兄孝且弟篋中有劵約百紙皆父兄以貲貸人者曰此吾父兄積德之惠何用徵為悉火之里中有貧者輙賑其乏壯未有室者輙助之娶至有藉杜氏餘力以致富者伯榮終不以為己德也事寡嫂甚謹數年足不升於堂春秋家燕見輙設拜或問之曰惟禮可以别男女吾兄既早世吾事吾嫂敢不敬耆老欲聞有司乞旌表其門閭者伯榮止之曰此亦盡其在我者而已何必爾耶伯榮之為人

如此一日與偕來謁曰自先人卜新塋於都南大興生四十年雖歲時丘壠不敢廢祭掃之職而墓石未立恐久遂泯滅後嗣無以知先世所自出又無以尋祖考徙薊之所由來大興敢再拜以請幸夫子為文以銘之余謝不敏大興請至再余既嘉其行義重以耶律公之命不復固辭乃因其行狀叙而銘之大興娶李氏有子曰銘慶以斯文名之也銘曰

蕩蕩古今迭盛迭衰大賢之後亦或中微維杜成公作

相貞觀功業烜然唐史有傳厥後徙虢自虢徂燕豈祖是忘因時而遷燕山之居亦既三世宅兆既安昭穆曷紀其宅伊何宜遷之邨其紀伊何自祖及孫自祖及孫富而有禮天福善人其昌其熾我作銘詩刻諸堅珉後嗣傳之千載不泯

故成都路防城軍民總管李公墓誌銘

公諱昱字仲明太原榆次縣人曾大父彦大父温父懋河東宣撫檢察使妣張氏繼室蒲察氏生三子公其伯

也自少小勤於問學尤有得於易既長從事行省郝公幕下戊午授公太原路奥魯萬戶中統庚申世祖聖德神功文武皇帝即位公時扈從上都命公與近臣也速荅同管軍器監事至元丙寅也速荅行中書省於四川辟公行中書省員外郎時四川未全附公居幕府會金穀調軍食轉輸供給未嘗乏絶至於決策制勝公力居多壬申改授東川順慶等路宣課大使公長於規畫民不擾而事集甲戌行省拜公樞密副使行樞密院事分

道攻嘉定行省公曰大軍既出成都乃四川根本若守
非其人慮有肘腋之虞僉以公為可任行省公笑曰吾
意正在此人於是以公為成都路防城總管通管軍民
事公鞠躬盡瘁知無不為民賴以安乙亥冬十二月二
日以疾卒於成都駟馬橋之寓舍嗚呼哀哉公生於某
年某月某日享年四十有八越五日殯於萬里橋之南
羅郡公卒之前一日神色如平時忽召從行親友悉與
訣别衆皆驚曰公神氣强盛安得此不祥之語公曰死

生常事耳何諱耶呼諸子付以後事且戒之曰毋隨俗
諠譁毋厚葬具夜將半命其子倜讀大學中庸數過奄
然而逝時有鄉人王小五者自太原走蜀未至成都二
百里羅江縣北十里許道逢公北王素識公問公將安
之公曰吾往直北囑以家事甚悉王至成都詣家道所
以計日正公卒之日也時人咸驚以為神娶仇氏先公
十六年卒繼室韓氏後公十日卒皆母儀婦道見稱親
黨戊子七月二日始克歸葬於太原井谷邨之先塋二

夫人祔殉以瓦器從治命也公豁達剛敏善謀斷有度
量好賓客尚氣義字民以寛治軍以律理財以道既歿
之後蜀人思之至今初公之從事行省郝公幕府郝公
待公厚及郝公卒其幼子天挺甫數歲公曰吾有女年
相若也他日當妻之中統癸亥公以事寓燕貽書家人
曰郝公之子吾嘗許以長女妻之今其時矣當即成婚
家人莫敢違人服其信義子男四人曰佐麓川路教授
曰仔東莞鹽司管勾曰倜集賢侍讀學士曰倣龍興路

富州同知女三人長適行省郝公之子四川行中書省
叅知政事天挺次適東平轉運副使張仲端之子忻州
秀容縣主簿藻次適汾州西河縣尹吴公之子某孫男
七人曰乞早世曰興宗曰興祖方向學曰某曰某曰某
曰某尚幼孫女九人既葬公之八年當元貞元年孟頫
蒙恩召至闕下公叔子集賢學士偶以孟頫往年嘗為
同僚語孟頫曰偶之先君既葬八年而墓銘未備偶為
此懼敢狀其行事以請孟頫辭至再不獲敬叙而繫以

銘銘曰

凜凜李公人中之英因時用武奮身成名給餉理財規畫幕府以戰則勝以守則固曾未半百遽爾隕傾豈伊松柏蒲柳同零天畀公才百未一試稍假以年何所不至天既生之復遽奪之厥理茫昧所不可知公之英靈驚動行路死而不亡信哉斯語井谷之原是為公藏刻兹貞石俾後勿亡

大元故嘉議大夫燕南河北道提刑按察使姜公

墓誌銘

公諱彧字文卿姓姜氏萊陽縣人自太公封於齊諸姜皆其後也曾祖而上譜諜已不可考祖諱棊以財雄鄉里好周人之急偶歲凶作糜粥以食飢者賴以全活甚衆里中稱為善人考諱椿質直尚志金末盜賊蠭起避楊安兒亂來水寨依張侯以居娶臨邑魏氏生公時兵後大疫因之飢饉死者相枕籍公隨考妣東西奔走若有相之者竟免於難稍長從李雄飛學稟資穎悟出他

皃右日誦數百言過口不忘張侯來濟南披荆棘立官府公因侍父至府幕幕僚魏君愛其才留之幕下積一二年凡簿書會計之事問輒能答不差毫釐張侯賞異之由府吏升充左右司知事屬大數户口俾公分領一路訖事遷左右司郎中府中賴公裨益視他鎮常課最斷事官就遣公赴闕奏割陵州等五城俾張侯通行撫治從之還升叅議府事中統三年公佐張侯之嗣入朝首言益都李璮反狀已露宜先發以制之未報明年李

璮反諸郡素不為兵備璮引勁卒數萬長驅襲濟南據
之公棄父母妻子脫身走從嗣侯招集散亡迎哈必赤
王軍為收復計日夜親矢石築長圍環城璮不得出外
又絶其援兵秋七月捕得反者言城中食且盡人將相
食時嗣侯被旨招安益都命公留後公料城下在旦夕
昏夜求見王計事言濟南城且破大王宜早定計命大
將分守城門勿令縱兵不然城中無噍類矣王曰汝解
陰陽耶公曰雖不深曉陰陽人事固可見也王曰予未

生先乞名那有是耶公曰今城中無糧金城亦不能守
況先奉聖旨明言李璮一身造惡官吏百姓何辜若不
及今定計城破之日千軍萬馬中欲見大王豈可得耶
縱得見豈能細陳耶事無大於此亦無急於此者唯大
王留意王曰然詰旦會諸將議是夜五鼓將盡軍候報
城西門賊軍五六百人出降候上馬鳴金鼓親往諭之
皆解甲投器仗黎明南門東門俱降無慮五六千人公
又言乞勿縱兵王遂命大將分守東南西三門禁外軍

一人一騎無敢入城者城既降李璮自投水中不死捕
得斬之梟首軍門事遂定城中安堵如故嗣侯至自益
都以公功多奏於朝授大都督府參議會朝廷行遷轉
法授公知濱州濱民罹苛政久户口凋耗田萊多荒往
往為行營軍馬占為牧地懼不敢墾而有桑棗者又縱
羊馬踐食之殊不聊生公為申省差斷事官某分撥草
地民地封土為畔豪奪不得行縱軍馬擾民擇其尤不
法者杖數人民始得安設賞罰課民栽桑歲餘新桑遍

野人呼曰太守桑且歌曰田野桑麻一倍增昔無粗麻
今纖縉太守之德如景星未終任以事赴部其民扶老
擕幼遮道馬為之不行俄授東平路總管府判官至元
五年御史臺新立選才堪御史者公首在選中馳驛赴
闕御史大夫引見廣寒殿天顔喜賜食殿上拜治書侍
御史剛稜疾惡不避權貴在任七年用御史大夫薦授
河北河南道提刑按察使佩金虎符改信州路總管以
疾不赴尋改陜西漢中道提刑按察使移河東山西道

久之拜行臺御史中丞暴官汙吏聞風而革者甚衆江
左陰受其賜再為燕南河北道提刑按察使居三載得
告歸里積官至嘉議大夫公生於兵間長能自樹立好
讀書為吏有能聲而又及從元裕之杜仲梁諸老游以
文雅飾吏事故其風流豈弟為世所稱屢任風憲之職
能以片言折姦邪之萌軺車所至官吏皆敬憚不敢為
惡既謝事閒居課子孫蓺花種竹小車時往來飲酒自
娛童顏蒼鬢無衰老之態孰謂公遽以微疾不起耶公

生於戊寅正月十四日至元癸巳棊月日卒於私第之
正寢享年七十有六夫人侯氏先公三十年卒繼室亦
戴氏子男四人長曰迪吉次曰從吉侯氏出也次曰吕
次曰璞女六人適名族孫男二人曰珏曰璧孫女七人
將以五月庚申葬公於龍窩莊白馬山之原以夫人侯氏
祔禮也迪吉等敘公之行事涕泣再拜請銘於余余之
居吳與聞公名甚久及來濟南猶及一再見公于堂公
既卒而不為之銘情若汨然遂不敢固辭而銘之銘曰

姜氏之源出於太公齊失其國散居於東萊水之陽爰
有苗裔來之濟陽以避其地天相陰德乃生令人險阻
艱難揚名立身吏事既敏又服軍旅人一已十允文且
武討叛完城厥功居多誰謂儒生不能荷戈升諸公朝
出守渤海龔遂之政尚友千載峩峩豸冠兩登憲臺巡按
四方奸宄為衰既老而閒以道出處優游卒歳五福備
具蒼鬢朱顔謂可百年胡為遽爾以疾終焉龍窩之原
實維公宅茫茫來世尚視兹石

田氏賢母之碑

禮部主事田衍母李氏諱慶雲慶陽府合水縣人其先出唐薛王考諱無黨登金貞祐二年進士第官京東道司農丞妣向氏母天資淑明無世俗兒女習司農府君以官事來汴京與監察御史田君同僚以母歸御史之子鄜德府君某御史室雁門郡夫人楊治家嚴母事之盡禮未嘗違顔色壬辰之兵司農府君舉家走宋田氏崎嶇兵間北度河來洛居高年邨兵火後家益單鄜德

府君從事於相性疎財不事生産母手織紝以儉約取
給奉御史甘旨無乏二子曰復字師顔曰衍字師孟復
既長從事河間府君自相就養母躬授衍書會朝廷分
遣學士周砥簡汰儒籍母命衍肄科舉凡例一月試中
得免編户府君卒河間母攜衍奔喪除服歸相而復又
卒於河間母痛之因得疾疾病抱衍謂曰人孰不畏死
然死竟不可逃我所以忍死有言者欲令汝知吾心耳
我年十六歸汝家事尊撫幼幾四世艱險靡不更李氏

南矣起汝家者屬在復復又早卒吾二姓不泯於後責
盡在汝汝勉之吾死且瞑衍既免喪徒步來京師折節
為中書小吏再明年由刑部令史升御史臺中書省掾
今為禮部主事師孟能自樹立為時名士母之力也嗚
呼母誠賢矣哉始余至京師與師孟相聞一日遇諸塗
師孟前跽曰君非子昂乎余曰子為誰曰田衍也余曰
子何自知為余曰衍聞諸鮮于伯幾趙子昂神情簡遠
若神仙中人衍客京師數年未嘗見若人非君其誰遂

相與莫逆至於今數十年矣海内言善交者必曰田趙

師孟以斯文屬余宜而余亦宜為斯文乃書本末刻石

墓左用昭示於來世

先侍郎阡表

府君諱與旹字中父胄出宋太祖自秀安僖王五世而

至府君皆家吳興秀安僖王生崇憲靖王伯圭是為府

君曾王父憲靖王生新興恭襄王師垂是為府君王父

其世次歷官語在宋史新興恭襄王生通議府君諱希

永仕宋朝奉大夫直華文閣累贈通議大夫是為府君
王考妣碩人鄭氏府君生而秀令弱冠以通議蔭補官
初調饒州司户叅軍辟監海昌鹽塲儀易黄姚運鹽辟
兼浙西茶鹽司主管文字改浙西提刑司幹辦公事除
知蕭山縣以治最聞淳祐八年除幹辦行在諸司糧料
院五月出通判臨安府十一月除軍器監主簿明年十
一月監三省樞密院門又明年正月遷太府寺丞兼大
宗正丞出知嘉興府治為諸郡最拜金部郎官兼右司

特除直祕閣兩浙轉運判官未上改提舉浙西常平義
倉茶鹽公事寶祐元年升軍器監尋除直寶章閣兩浙
西路提點刑獄公事二月兼提舉常平義倉茶鹽九月
兼主管淮浙發運司公事十月知平江府以言者免二
年差主管建康府崇禧觀三年除將作監總領淛西江
東財賦淮東軍馬錢糧疏辭不報四年兼權知鎮江府
除司農少卿五年升太常卿六年除祕閣修撰江西轉
運副使兼知隆興府以言者罷景定元年五月除司農

卿兼左司郎中勅令所删修官十二月除右文殿修撰
兩浙計度轉運副使二年四月升集英殿修撰尋進寶
章閣待制知臨安府淛西安撫使六月遷樞密都承旨
後省䟽駁免差提舉江州太平興國宫十月除江東轉
運使賜金紫服十一月兼總領淮西軍馬錢糧三年二
月兼提領江淮茶鹽所十月除權户部侍郎尋升敷文
閣待制賜金帶以言者免差提舉隆興府玉隆萬壽宫
四年九月起知平江府兼提點淛西刑獄十一月兼提

舉常平義倉茶鹽五年進顯謨閣待制名拜兩淛轉運
使除權户部侍郎是歳十月理宗徂落度宗踐祚拜户
部侍郎兼知臨安府淛西安撫使咸淳元年賜進士出
身三月以疾卒於府治實廿三日也嗚呼痛哉遺表聞
度宗震悼賜銀三百兩絹三百匹以斂贈銀青光禄大
夫官自迪功郎至通奉大夫爵進歸安縣開國子府君
生於嘉定癸酉十一月八日享年五十有三娶李氏先
十五年卒累贈碩人子男八人孟頫孟頒孟碩孟頌孟

頖孟顥孟頫孟顲孟頔將仕佐郎杭州路儒學教授孟
顥奉議大夫滄鹽使孟頫奉議大夫汾州知州孟顲承
務郎同知南劒州餘皆嘗仕宋而頒頌已不幸死女十
四人孟巽適沈昌言孟鼎適史周卿孟兌適韓浩孟歸
適陳好謙孟良適翰林直學士知制誥同修國史張伯
淳孟家適韓巽父孟比適印直傳孟益適通議大夫南
雄路總管印德傳孟萃適錢澄孟漸適錢誼孟豫適沈
光謙孟遇適施誼孟過孟既未嫁而夭孫男廿四人孫

女廿人曾孫男二人曾孫女一人府君卒之年葬湖州
烏程縣澄静鄉聶邨越十一年墓毁於盗至元庚辰抱
痛改卜城南車蓋山之原徙葬焉府君玉立長身眉目
踈秀襟度洒落不藏怒蓄怨性好學躬布衣韋帶之行才
任治劇而為政務豈弟所至皆有惠愛仕二十年先世
園田乃更加損先友禮部侍郎東平劉公震孫誄之曰
府君於時為循吏於朝為名卿於國為信厚公族世以
為知言府君歿十二年而宋歸於元又十一年當至元

廿四年孟頫蒙恩名至闕下擢兵部郎中入直集賢出
佐濟南府數年之間驅馳南北故於府君之行事本末
不遑有所紀載元貞元年孟頫自濟南罷官歸里守先
人邱壠以為終焉之計而又拜汾州之命恐遂失墜泯
沒乃收泣書一二刻石墓下以示後昆大德元年十二
月某日不肖孤孟頫述

故嘉興縣主簿謝府君墓誌銘

府君諱天錫字純父姓謝氏其先吳興人四世祖自吳

興來遊吳相吳中土田沃衍甲於浙右得任水之陽因
卜居焉曾祖新祖允祥皆不仕考德明宋將仕郎府君
天資重厚自其幼已如成人性至孝以親老未嘗離膝
下天兵渡江用歸附功授將仕佐郎嘉興縣主簿嘉興
當孔道地陿而民瘠方歸附初使者乘驛騎往來日無
慮以十數科條繁興紛如蝟毛府君佐邑宰一以寛恤
為事情愉色孚民歡然供給無敢後者鞭扑一不施而
事集兵後田萊多蕪悉勉有力者墾闢以時使不至積

荒尉缺員府君兼攝尉事設方畧治盜盜是用弭縣有
疑獄久不決府君廉得其實一日命取網罟羅積水中
得枯骸寃乃得白民驚異以為神吏奸無所容囚瘦死
者衆府君具湯藥饘粥以給之多所全活邑民至今猶
以佛子稱之考滿上官咸薦其能而府君浩然有歸休
之志蕭然野服與父老相過墟曲中談桑麻舊故以為
笑樂無復仕進意大德五年夏忽攖微疾起處飲食無
異平時至易簀氣雖微而神不亂撫其子斗元曰吾大

期至矣遽脫然如蛻府君生於壬辰八月十九日卒於辛丑六月廿有四日享年七十夫人唐氏淑德儉行親黨所則勤勞婦功手自績紡相府君起家先府君卒數月已抱疾府君既卒之廿日夫人亦卒生於甲午九月廿九日卒於辛丑七月十四日享年六十有八子男一人斗元也忠翊校尉海道運糧千户女二人長適王大有次適唐蘭孫孫男二人曰庭瑞曰庭芝孫女三人府君居鄉以仁接下以禮與人交以信中外姻黨有貧乏

者扶持賑恤無厭斁心晚年益勤約視先世畎畒有加焉然自處澹然未嘗有驕色人以是賢之大德癸卯三年之喪畢將卜宅以葬而斗元又卒至是其孫庭瑞卜以大德乙巳七月某日奉其祖考妣之柩葬任水南之乾山狀其行事以余往來吴中與府君有一日之雅來乞銘余猶記與府君相見時終日端坐無戲言惰容蓋恂恂信實人也而又安知銘府君墓石耶既辭不獲乃叙其行事而銘之銘曰

任水之陽吉人斯守吉人伊誰謝氏純父四世積善慶
鍾其家既富而安不驕不奢乘時奮飛乃出而仕佐邑
雖微可以行志民受其惠頌聲載馳吏畏其明奸不得
施獄無餒囚野無廢田枯骨蒙仁獲伸其寃凡今佐邑
孰如君者何必高位澤始及下既仕而歸野服蕭然康
寧好德以終其天古謂五福身集有之伊人之生天實
厚之任南乾山卜云其吉孝孫厝之考妣同室任水溦
溦松柏蕭蕭刻銘貞石千載孔昭

故忠翊校尉海道運糧千户謝君墓誌銘

余既銘嘉興主簿謝府君之墓其孫庭瑞又泣而言曰先生幸哀庭瑞為祖考妣著銘墓石庭瑞不即死將以先考之柩同日祔祖考妣之域唯先生重哀之而惠以文余聞而深悲之忍不為銘君諱斗元字光國主簿府君之子也資英敏居家甚理素饒財而用朴儉自居不以富驕人好施與人有求之者輒不吝莫不滿意而去以漕海勞績佩金符授忠翊校尉海道運糧千户俄而告

閉畢力幹蠱主簿府君既謝事得以優游田里者以君

能養志故也君事父母孝因輯古人孝感故實為一編

鋟諸木墨本以施人欲使見聞者勸於為孝可謂厚之

至矣大德辛丑主簿府君卒君服喪盡禮忽苦足疾未

能大葬而遽不起君生於己未四月二十七日卒於大

德癸卯九月二十二日春秋四十有五夫人朱氏子二

人曰庭瑞曰庭芝庭瑞嫡也女三人長適周斗明次在

室次適朱譓庭瑞卜以大德乙巳七月葬其祖考妣於

任水之南而以君之柩祔禮也銘曰

凡人之行莫大於孝孝感之至神明所勞古之孝者布在方策孰能博求載籍而索維此謝君輯而成編錫類教人可不謂賢匪維教之又躬履之棄官歸養朝娛夕嬉伊嗟若人宜天之祐胡啬其報而不克壽人莫不死父母同歸君則無憾人為之悲有子克家積善之慶刻我銘章以顯天定

有元故徵士王公墓誌銘

公諱泰來字復元姓王氏其先大名人宋三槐文正公
之後五世祖諱遜太常少卿避靖康難徙家江南曾祖
諱煥之右宣教郎幹辦諸司糧料院妣張氏祖諱雋卿
承直郎泉州德化縣令妣印氏繼顧氏夏氏父諱奎風
容韶亮好為神仙方術自號蟾谷真士嘗著蟾谷祛疑
貫靈篇行於世初太常公家金陵後又徙嘉興之華亭
故為華亭人蟾谷公在宋嘉定寶慶間屢有薦於朝者
一再徵不起一旦無疾卒先是一月作為偈言七十八

年在世中天開震動景陽鐘白雲得路騰空去妙有靈
光空不空偏告諸所與善者曰不踰月吾將順化矣至
期日沐浴冠裳而卒人咸異焉姚張氏實生公公蚤顥
悟能弃先跡遂世其學訪大道若嗜欲奮不顧去人地
遠邇意所領會雖能旁睨不名一行雖時日小數學必
精詣始習舉子業由鄉舉貢太學旣而曰是不足為棄
去放浪江湖間跂足甚高神襜其辭所至人爭遮致之
尚書陳公存參政文公及翁太常馮公去非皆為布衣

交中書盧公鉞出師江西延致幕下師事之未幾又棄去歸故里閉門絶不與人事至元十五年冬世祖皇帝遣使中外廣延茂士於是浙西宣慰使游公首薦公公以疾辭明年春上再命御史中丞崔公趣徵上道又辭不起二十三年春侍御史程公鉅夫中書通事舍人帖木兒不花奉吉顯名兩人其一人儒學提舉葉李遂與偕見上歡甚館於集賢院上時名見公必有意可否事公持正無轉辭引與坐深語薄夜半即御所饌食賜之

命中使及衛士秉炬前導以歸以為常歲中葉公拜尚
書左丞將授公以官時與葉公議語一不愜竟拂袖起
曰無辱我於是力乞歸得告翰林集賢諸老與時之焜焜
於朝者咸賦詩餞之還居錢唐自號月友處士二十九
年春上命令丞相高公征爪哇遣使名公為輔行命下
平章政事阿魯渾撒里公為請以老病免資好遊遇佳
山水竟日終歲弗忍去風雨之時寒暑之叙日月啟明
乎西東乾坤象法於崇庳與萬物之飛潛動植呈妍摘

詭發洩度隱凡精神所及一寫於詩濯去俗累皦皦然
作不經人道語公蚤以詩鳴寶祐開慶間有集行於時
中書盧公為之叙引至是裒益賦詠銘賛雜著得凡若
干卷藏於家其遊情物表發興天倪蓋世所不能羈者
一時南北人士號稱知道者皆執弟子禮性剛狷不為
縛紲柔從又不為裔宇嵬瑣之行與人交稍有乖於義
無親疎貴賤廣坐稠人間輙面媿不少借狠佷自臧一
無所儗倣以故落拓於時而人亦罕得傳其所學獨留

江西時有周頎者宋丞相益國公之裔躬拜公受學後
竟不知所終里人至今相傳以為得仙云公平生少疾
一日疾致滄熱心痞體煩食輙衰越翼日召其子一初
曰由乎中者吾心之清明也濁明者乃其外也吾白道
而幽躬者也吾之身天不能亡地不能藏顧未能視去
爾累如脫躧耳以至於是吾疾病矣急為我備具時郡
貳專焦侯來問疾尚相與校其所蘊去未幾時輙具濫
浴已索紙書偈曰耳眼口鼻俱是病根無出無入與天

長存書畢輪左手指曰時可矣語絶而逝時大暑三日
而斂深衣幅巾色理柔潤照暎如生公生於宋端平三
年丙申二月七日至大元年戊申五月二十九日卒享
年七十有三娶何氏先公三十五年卒生男二人曰曉
曰一初女一人曰福源適姚氏又徐氏生女三人曰壽
堅適鄭瑶曰妙淨妙端皆未嫁孫男五人孫女二人公
歿之十有五日二子用公治命從乾毒道闍維卜以某
年某月某日奉公遺骨葬西湖茅家步積慶山之陽書

乞銘孟頫從先生遊甚久頃仕杭三年無日不來雖極
寒盛暑不廢相與談連日夜殆有意引之於道葢嘗竊
聞微言者也先生没非孟頫誰宜銘銘曰
先民有言神仙可以學得不死可以力致若先生之於
道葢深知而未詣者也矯矯先生出處進退與道周旋
動而無悔白首衡門逍遥卒歲人見其死不死者在嗚
呼千歲之下積慶之山當有白鶴飛來還呼其子孫而
語之猶旦莫之間也

任叔實墓誌銘

余十年前至杭故人大梁張君錫以上虞蘭穹山寺碑求余書讀一再過曰噫世固不乏人斯文也其可以令人少之哉君錫曰是四明任叔實之文也余始聞叔實夢寐思見之數年叔實自四明來杭余始識叔實顏頞朴野與余言甚契自是相與為友而宗陽杜宗師館之於宮教授弟子常數十人雖授徒以為食而文日大以肆遠近求文以刻碑碣者殆無日虛蓋叔實之於文沉

厚正大一以理為主不作庾語棘人喉舌而含蓄頓挫使人讀之而有餘味余敬之愛之豈意其遽止於斯也

謹按君諱士林字叔實姓任氏其先蜀綿竹人少師希夷之後八世祖來居慶元之奉化又再世而徙居埼山曾祖秩然祖處恭父果德君幼穎秀六歲能屬文大父奇之口授古文百餘篇經耳不忘父喪廬墓下讀書其中凡諸子百家之言靡不周覽鄉子弟多從之學縣令丁君招致之加禮廉訪完顏公深所敬慕俾經理文公

書院既落成有司以為然乃命教諭上虞蓋作蘭穹山記時也後乃講道會稽授徒錢塘至大初中書左丞郝公以事至杭聞君文名舉之行省僅得湖州安定書院山長而長子耒疾久不差君念之鬱鬱不樂俄亦得嘔疾竟卒於杭州客舍有章句文集論語指要中易藏於家君生於癸丑八月戊申卒於至大己酉七月己亥年五十有七娶王氏子男三人長耒也不幸亦卒耜同女一人環娘將以某年某月某甲子歸葬奉化松林鄉雷

公山祖墓之域耜與君之弟子嚴陵方某拜於雩水之上涕泣請銘其墓石余深悲叔實之不幸既弔其子相嚮而哭尚恐辭為銘銘曰

嗚呼天之生叔實既厚其才又博其學文鳴一時道淑後覺曾不見用粗展其畧阸窮坎壈一病不藥木折於山玉碎於璞行道之人亦為嗟若歸葬松鄉耒也同域文塚在兹過者必式

義士吳公墓銘

君諱森字君茂姓吴氏其先汝南人曾大父諱堅妣朱氏大父諱實仕宋為進義校尉水軍正將始寓建康之龍灣妣潘氏父諱澤承信郎移戍盱眙事淮東帥李公曾伯李公歸嘉禾遂與偕來樂武塘風土饒沃因定居焉妣沈氏李公移鎮沿海辟君承信郎沿海制置使司準備差遣至元辛巳征東省右丞范文虎與承信府君在李公幕府有舊故舉君為管軍千户師還隸高郵萬户府移屯揚州告閑得請澹然家居性雅素好禮而尚

義喜怒不見於面無聲色之娛唯嗜古名畫購之千金不惜延師教子捐腴田二頃建義塾以淑鄉里子弟創佛宇以便雲水前後甃衢路數千百丈繇橋鑿井死施棺病施藥凡周急之事不間親疎樂與無倦人以厚德稱之至大庚戌廉訪司以名聞於朝表其門曰義士晚自號靜心益留意内典與二三高僧為友疾病遺令家人毋厚斂毋過哀泣種户逋米三千餘石悉免之臨終神識不撓從容而逝生淳祐庚戌六月癸亥卒皇慶癸

丑五月己酉享年六十四初贅費氏早卒再贅陳氏武
塘承信陳公女男四人漢英漢賢漢傑漢臣女四人志
純事夏禹錫志淑事陳良輔嗣勝為尼志柔事陳昌漢
英漢傑志純嫡出也孫男八人瓘玘理瑍珂瓊珏瑄漢
英等卜以九月丙午奉柩葬所居西北三里麟瑞鄉之
原以余嘗與其父遊深知其為人不遠數千里書來京
師求銘不可辭乃為銘曰
嗚呼孰有為善其後弗昌者乎覯義士之行事可謂積

善者矣則子孫之蕃昌其可必也夫

松雪齋集卷八

松雪齋集卷九

元　趙孟頫　撰

碑銘

大元封贈吳興郡公趙公碑

今上皇帝初即位孟頫蒙恩自翰林侍讀學士遷集賢侍講學士官中奉大夫明年改元皇慶定制官二品者封贈二代祖考諱希永贈嘉議大夫太常卿上輕車都

尉吳興郡侯祖妣鄭氏贈吳興郡夫人考諱與嘗贈昭
文館大學士護軍吳興郡公妣李氏吳興郡夫人五月
十三日孟頫被旨許過家上冢以八月六日欽奉制書
告於吳興郡公墓下郡官偕來親黨畢集觀者莫不歎
美湛恩汪濊罔間歿存實惟祖考餘慶豈不肖孤之有
焉迺十二月甲子立石於郡公墓側刻辭紀事用對揚
聖天子丕顯成命銘曰
惟皇慶元聖以孝治恩及臣先爰立定制藐不肖孤敢

曰膚敏昔被詔徵旋躋嚴近通班集賢入侍講席異數
特加儒榮備極龍光遠施式符先德我祖我父維侯維
公爰曁我妣咸被褒崇予告還歸攜家南鶩虔奉制書
告於大墓我有旨酒亦有肥羜黍稷馨香肴核維旅以
祀以享賓親具在報效之思罔敢或怠伐石刻辭豐碑
是樹歸然墓門用侈殊遇人臣之榮天子之仁何千萬
年厥聲弗泯

田師孟墓誌銘

余與師孟友二十有七年其相知最深相與無閒然莫
師孟若余往年歸江南與師孟契闊至大中蒙召命道
見於長蘆甚歡余請告歸為先人立碑復召至京師師
孟自山東使還則已有疾嗚呼余何意哭師孟哉有事
孰余商有過孰余規嗚呼豈不痛哉師孟諱衍姓田氏
其先京兆醴泉人後徙太康再徙蒙城大父仕金金亡
北遷相故令為相人幼孤母夫人李氏教之讀書姿開
爽善論事初以才選為中書掾歷禮吏部主事兵部員

外郎萬億賦源庫提舉刑部員外郎河間等路都轉運
鹽使司副使知河中府積官中順大夫國家急務唯銓
選財賦刑名三者其沿革廢置本末無不身歷其事而
究其利害與人交無賢不肖貴賤待之如一然慎許可
平居恂恂寡言至其慷慨談辯無不中的酷愛古書畫
奇跡真一代佳士皇慶二年十一月癸巳卒大都寓舍
年五十有六其卒也余甚痛之大父諱芝金嘉議大夫
鎮南軍節度副使兼户部侍郎姚楊氏雁門郡君父諱

文鼎鄜德路轉運經歷官妣李氏余所為作賢母碑者
也師孟娶劉氏鄜德路提學劉賢佐女先卒一子叔重
二女長適郝升次幼孫大有師孟卒之五日叔重以其
喪歸葬相州先塋銘曰
嗚呼師孟常嶄其有為余亦常嶄其有用於時而止於
斯耶有子有孫亦又何悲

故嘉議大夫浙東海右道肅政廉訪使陳公碑

世祖聖德神功文武皇帝既一區宇網羅天下賢俊之

士以輔翼裕皇道足以經邦武足以闢國至於宣化承流藩屏帝室使者有咨諏原隰之風循吏有惠安田里之政皆能乘時之會樹功立名丹圖青史炳焕後世而傳無窮者若廉訪使陳公其一人焉公諱元凱字時舉其先京兆萬年人唐廣明中有諱瓊者避黄巢亂遷眉之青神瓊生延禄延禄生顯忠顯忠生希亮宋天聖五年進士仕至太常少卿知鳳翔府與文潞公韓魏公趙康靖公包孝肅公諸老為同年始還洛陽卒贈金紫光

禄大夫刑部尚書范蜀公志其墓後以曾孫與義參大政贈太子太保生四子曰忱曰恪曰恂曰慥忱慶歷六年進士仕至轉運使慥與蘇文忠公遊號方山子忱生揮慈州士曹遂居臨晋揮生瀕官儒林郎瀕生克基金天德三年進士仕金為少中大夫國子監丞是為公曾大父少中生仲讓金昭勇大將軍陝西規措使是為公大父昭勇生膺入聖朝為東平路勸農使是為公父妣李氏公生而純孝年十三母夫人卒哀毁過人至元三

年裕宗皇帝在東宫太保劉文貞公以公才德薦自是
扈從往來兩都數被顧問公舉止詳雅占對稱旨除宫
籍監丞稍遷同知復州路總管府事二十年拜江西行
省郎中時自龍興南抵庾嶺諸郡盜賊蠭起所在屯聚
一日省中議討賊方畧公曰破賊在擇良將舉招討使
郭彦高可用彦高時被讒繫獄衆以為不可公曰使功
不如使過况非其罪由是命以討捕悉平之廣東賊黎
德據海州時出抄畧右丞忽都鐵木兒公方督征交趾

軍糧過海適與賊遇擊大破擒之欲俘獻闕下公請於
右丞曰黎德海島寇耳宜速正典刑以謝百姓即命磔
諸市廣海以安移富州尹州古豐城縣户十有二萬盜
賊繁多公旣署事會僚屬俾陳弭盜之策皆謝不能公
曰今日當以安百姓為急務百姓安則農不待勸而衣
食足盜賊自息矣居三月羣盜屏迹訟庭闃然逃民稍
稍復業葺廬舍闢土田稻禾芃然蔽於四野宋故官陳
提刑隱居山中至是率老儒十餘人皆鬚髮皓白衣冠

甚偉來謁曰某等十餘年來未嘗入城府今適會秋丁
感公善政故一來耳公館之學宮行釋奠禮民觀者如
堵牆留十數日辭去陞江州路總管下車以興學校為
已任屬縣德化學久廢立修完之濂溪周元公故宅在
城南後改作書院燬於兵公移創城中一新之及建陶
靖節陳了翁祠皆尚賢復古之事會朝廷改提刑按察
司為肅政廉訪司妙選使者除公海北廣東道肅政廉
訪使以疾不赴元貞元年復授龍興路總管龍興徽仁

裕聖皇太后分地陛辭太后諭旨汝舊臣宜善撫治賜錦衣以寵其行龍興城郭俯障江連歲大水城不没者數版壞民廬舍飢死者衆公請於行省罷河泊之征為鈔二十萬貫聽民自取以續食賴以全活者無數由是得免轉徙流移之患民至今以為德大德元年拜領北湖南道肅政廉訪使公嘗謂同僚曰風憲之職在進賢退不肖若循例追理錢物以多為能豈風憲之責哉其知大體類此留一年請告北歸曹南五年除建康路總

管為政安靜門無私謁行臺甚相推重公以春私漸高
辭歸十一年御史臺遣使即授公浙東海右道肅政廉
訪使之命時成宗皇帝晏駕武宗皇帝撫軍北邊未還
臺使趣公赴任公曰當國家憂危之際豈人子辭官時耶
即治裝南邁適兩浙大饑紹興尤甚死者相枕籍公賑
之百方活十餘萬口復告老於行臺不俟報許長辭而
歸至曹遘疾終於私第之正寢皇慶元年七月十七日
也積官嘉議大夫享年七十有八夫人由氏行省郎中

取新之女早卒繼室完顏氏澧州路總管仲之女子男
一人曰敬立女一人嫁吉安路總管完顏鐸之子璹是
歳十月敬立奉公柩葬河東臨濟縣北原疑山之先塋
禮也公資沉毅喜怒不形於色絶口不臧否人物胸中
所守介如也得中原文獻之傳為詩文務實去華其自
箴之辭曰良如金玉重若邱山儀如麟鳳氣若芝蘭學
君子者當自此始觀此則公之為人可知已數典大郡
有古循吏之風屢持憲節不為搏擊酷刻之事使人改

過自新而已視世之輕薄小人據為之勢設網吾陷穽以羅人之過淫刑以逞吏民重足一迹惴惴然日以殺身破家為憂方以快意夸考其行事貪穢縱横不可勝道則公之仁厚真古之仁人君子哉初公自浙東請告來吳興拜四世從祖簡齋先生之墓孟頫閒居吳興公過余雪水之上屬以事出不果一見公留詩為别既卒之五年敬立持行狀來京師以余嘗與公有留詩之好再拜請銘孟頫雖不識公而敬公之賢追尋傷悼乃為序

而銘之銘曰

陳氏之先代多聞人宋金洎元咸有俊臣維廉訪公厚

德之醇出牧大郡子視其民匪陰匪沴維陽維春繡衣

持斧郡邑是巡匪鵰匪鶚維鳳維麟賑飢救荒如疾在

身匪譽是要而人自親布宣上德天下歸仁在昔有臣

扈宋南渡能詩之聲追配杜甫卒葬江南為公從祖公

持憲節往拜其墓遭時混一獲展其素既老而歸考終

八袠貴富康寧曰攸好德疑山之原實維公宅善慶之

積子孫逢吉刻銘美石終古不沒

故昭文館大學士資德大夫遥授中書右丞商議

通正院事領太史院事靳公墓誌銘

公諱德進字仲和姓靳氏其先潞州人後徙大名祖考

諱璇妣朱氏考諱祥從事行省劉公府佩金符贈集賢

大學士通奉大夫謚安靖妣張氏西河郡太夫人公幼

聰敏服勤經訓迎刃而解安靖公嘗謂太夫人曰吾家

世積善未有顯者興吾宗者其在此子乎父歿益自勵

於學尤精天文象數會詔太傅劉文貞公選司天官屬
試補三式科管勾故相張忠宣公薦之世祖皇帝數召
對占筮有徵自是從車駕上下兩都歲以為常至元間
擢司天少監陞司天監轉承直郎祕書少監奉議大夫
祕書監時權臣用事災異數見公乘間進言推抑陰崇
陽之理辭甚剴切世祖伐叛東北以公從行揆度日時
占候風雲刻期制勝因言叛王惑妖言致謀不軌請置
諸路陰陽教授以訓後學詔從之繼從成宗皇帝撫軍

沙漠往來萬里朝夕進見多陳民間利病謂治國以得人為先使民養生喪死無憾為王道之本追正位儲闈首引左右前後皆正人之義且言世祖居潛邸延四方儒士諮諏善道故能致中統至元之治上皆嘉納御極之初特旨拜昭文館大學士中奉大夫知太史院領司天臺事賜只孫衣冠金帶只孫者路朝晏服也一日上朝隆福宮語及公忠亮召錫金銀廐馬貮議覽都城公曰臣聞在德不在險今民力凋弊驟興大役臣愚未見

其可議遂寢至於加恩闕里惠養老臣賑饑民所鬻子
女多所裨益嘗侍上玉音問卿母今年幾公對曰臣母
年幾九十飲食尚强特勑有司加西河之封及安靖公
贈謚仍加公通奉大夫先帝即位公以疾丐閒令上皇
帝在春宫聞之特陞公資德大夫遙授中書右丞太史
院使餘如故時駕在白海子有旨趣召既見先帝諭公
曰卿三朝舊臣朕方倚用力疾從行可也命商議通正
院事至大四年三月令上登極四月十六日公入見便

殿命公領太史院事十九日以疾卒於正寢公生於癸
丑六月十五日享年五十有九夫人秦氏繼室楊氏錦
氏王氏子一人道泰女二人長適忠顯校尉法物庫副
使高師善次利璋在室子及次女皆錦出也將以是月
廿九日葬公於大都西山魯郭先塋之兆乃來請銘公
於孟頫一年之長故孟頫兄事公公領太史之日見公
於私第置酒相款曲迎送如平時執謂三日之別遽為死
訣也嗚呼哀哉銘曰

昔在唐虞欽若昊天乃命羲和厤象是官帝典所紀莫斯為先維安靖公學於星厯昭文嗣之益精其術實居聖元義和之職服事四朝秉心塞淵每因人天進盡讜言乃陟丞疑乃長昭文出陪乘輿入贊帷幄從征遼海侍巡朔漠刻期制勝恢我王畧列聖嘉之寵錫便蕃施及考妣顯被皇恩安靖有言果大其門魯郭之原維公之宅流慶後人忠孝之澤茫茫來世尚視兹石

元故將仕郎淮安路屯田打捕同提舉濮君墓誌

銘

皇元以仁治天下列聖相承視民如傷一夫或飢由已飢之有能出粟以賑者輙予之以官其資之崇庳視粟之多寡著為令故雖有水旱之災而無捐瘠之民此堯湯之用心也大德丁未歲大祲濮君明之捐米千餘石以食饑者全活無數府上其事遂以應格登仕版焉君諱鑑字明之世居嘉興崇德之語溪即春秋所謂禦兒也曾祖考諱敏祖考諱世昌宋承信郎考諱振宋承節

郎兩浙東路兵馬副都監婺州駐劄君性明達而處已以
謙待士以禮鄉鄰有爭常合和之創佛寺曰仁壽曰福
善曰永福曰報恩曰普濟創道觀曰玄明又創永安東
岳行祠為義塾以淑學徒為井幹以便行汲為津梁以
濟不通為槥櫝以給死喪名山大剎捐金舍田夏設無
礙浴冬設無礙粥印施藏經周恤孤寡其樂為善蓋天
性然也初調富陽稅務官繼授將仕郎淮安路屯田打
捕同提舉皇慶壬子春沿檄歸家上冢指祖塋之西大

樹謂庵僧曰我死可化於此衆訝其語不祥皆愕眙相
視是夏復還官次連日樂飲瘍發於項初以其小而忽
之樂飲如故屬方隆暑疾日以劇遂不可為其卒六月
二十有八日也得年五十有一喪之歸官吏遮道以祭
市民無不嗟惜渡江而南風日恬美波濤不驚抵家僧
俗弔者絲道梵唄之音不絕於耳其為人所鄉慕如此
孤允中不敢違先意以是年十二月九日火化於所指
之地奉函骨於堂迨今八年允中曰吾非不能葬也顧

函存則親存葬則亡矣是以弗忍也然豈容終不歸於
土乎乃卜以延祐七年十一月二十七日祔葬祖塋之
旁娶沈氏嫡子一人允中也女一人適卜士庶子三人
俱幼再娶趙氏生一女亦幼孫男二人女五人允中來
請銘余惟君輕財重義蓋積而能散者是宜銘銘曰
邦本惟民民不可飢發廩以贍固邦之基錫以一官禮
亦宜之盍躋上壽胡止於斯有子承家報其在茲
敕賜玄真妙應淵德慈濟元君之碑

留侯稱導引不食穀後數世而天師之教興焉傳千數百年以至於今何其盛耶惟天師之道本乎老氏其言則神仙符祝之事後世為其說者必曰離而父子君臣去而夫婦乃可以成道然古之號稱神仙者未必拘於是也若張氏之先以飛昇尸解聞者踵接其於父子之道君臣之義夫婦之倫秩然其不紊也嗚呼此張氏所以能久而獨存者乎蓋自混一以來道莫盛於三十六代演道靈應沖和玄靜真君真君之配玄真妙應淵德

慈濟元君之德又盛焉宜其後之益光且大也延祐三
年夏五月驛名三十九代天師嗣成入朝冬十月至闕
明年春正月制授太玄輔化體仁應道大真人又召臣
孟頫撰元君之碑臣謹按元君諱惠恭姓周氏信州貴
溪縣上饗里人曽大父諱文舉妣闞氏大父諱深甫妣
留氏父諱新妣王氏宋封孺人元君徽柔淵懿生廿三
年而歸玄靜真君事舅觀妙先生姑倪氏有婦道訓育
二子整齊閫内有母道至於振恤扶樹靡不用其極備

天人之福者五十年而澹然沖素恒有遊於物外之意
元貞二年春三月以三十八代天師入朝制授玄真妙
應仙姑至大元年夏五月加玄真妙應淵德真人明年
壽七十時今上皇帝在春宫遣使賜上尊宫錦又明年
皇太后降旨護所領真懿華山二觀又明年二月癸酉
忽危坐閲日蚤晏脩然而逝九月藏冠履於琵琶峰之
麓既又作慈濟宫於墓側以為棲神之所皇慶二年追
錫今號二子曰與棣嗣三十七代天師號曰體元宏道

廣教真人曰與材嗣三十八代天師號曰太素凝神廣
道明德大真人嘗以治潮功加正一教主特授金紫光
禄大夫封留國公竊惟張氏自樹教天下受大封顯號
稠恩疊數炫燿照暎莫如我朝以閨闈之德被天子異
眷賜碑紀行則又自元君始上豈不以元君身育二嗣
克大其教以輔我邦家俾清靜無為之化不失君臣父
子夫婦之道有是命也不亦宜乎銘曰
元君昔下崐崘峰師子白鶴歌噰噰龍神虎君衛西東

霞披霧散開靈宮蒼溪窈深山巃嵸白薇花香露氣濃

元君燕居百福崇上帝錫命嚴且隆七十之年顏如童

二十四巖春濛濛倏而逝兮乘天風雲軿電旋滿虛空

瓊裾飛步紫清中琵琶之麓鬱蔥蔥千歲歸來福攸同

物不疵癘年穀豐微臣著銘書亦工巨鰲負石厚以穹

死而不忘安有終

隆道沖真崇正真人杜公碑

昔軒轅問道於具茨漢文求師於河上蓋古之聖帝明

君咸貴德而尊士而有道之士亦皆應時而行化傳記
所載信不可誣若真人杜公際遇世祖聖德神功文武
皇帝乘風雲之會依日月之光於以輔世興邦立言設
教知進退存亡而不失其正者其若人之儔與真人諱
道堅字處逸杜姓當塗采石人自號南谷子晉杜預之
後曾祖秉哲祖竑父時敏並晦迹邱園傳芳清閥妣薛
氏繼陳氏生二子長崇文次真人也真人生而神異幼
而超邁年十四得異書於異人決意為方外遊乃辭母

去俗著道士服師石山耿先生繼入茅山披閲道藏依
中峯巖木葺巢以居玉海蔣宗師異之授以大洞經法
回風合景之道時丹陽謝真士玄風遠播法海傍霑真
人曳杖玄門問道靖室言而無隱拂袖遠遊乃捫蘿仙
都回飈雲水納交名釋載叅辟歴之禪遐想慈親亟返
白雲之舍當路知其素履俾掌教於鄉邦俄走義興隱
居張洞三歴霜暑一意泉石辟歴以道契相合招過鳳
谿結知楊氏之王孫托友鄧侯之内侍獲引見慶廟錫

號輔教大師爰受紫衣之榮遄尋白石之隱於是楊氏
以禮請住昇元報德觀真人興玄學建清規百廢具舉
徒衆悦服屬天兵南渡所在震動王石處爍於崑岡黎
庶懼淪於塗炭弓刀置措莫救鄉閭衣食無從思填溝
壑真人冒矢石叩軍門見太傅淮安忠武王於故都披
膽陳辭為民請命王與語大悦恨見之晚軍麾為之斂
兵民社因之安堵遂俾馳驛入覲帝閽輜重無行混風
埃於卒伍樵蘇後爨忘朝昏之饘粥艱勤備至得抵上

都世祖皇帝方綱紀四方并包九有思修文而偃武躬
屈己以求賢聆師之來奏闢立名望雲就日喜見堯天
布武升階高談王道皇明嘉其古直屢賜恩光真人感
激聖知莫知云報尋有詔特委馳驛江南捜訪遺逸真
入退而上疏言求賢養賢用賢之道上嘉納焉以兹衘
命南鶩言歸舊廬慈母已亡空墮蓼莪之淚先師如在
徒瞻荆棘之墟冥鴻尚避於網羅飛鳧亟還於京邑同
高士以升公引鍊師而進見天顔甚悦野服重歸欽奉

璽書提點道教住持杭州宗陽宮大德七年復被旨授杭州路道録教門高士真人既主宗陽不忘舊館仍領昇元觀事先是宗陽燬於火真人買山種樹以三十年為期至是命工師伐材木治荒蕪畚瓦礫凡正殿講堂壇靖廊廡真館丈室以次興舉桂棟竦其干霄梅梁沓其架霧丹楹刻桷不日而成金闕玉京自天而降造三清尊像及昊天聖容霞光照臨日精睟耀至於金鼎突兀以騰煙洪鐘高懸而吼夜彤庭赫其弘敞丹扉廓乎

開闢不千家力獨立大功真人往來昇元尋白石舊隱
因計然之籌峰即葛仙之丹井别立通玄觀俾弟子薛
志亨林德芳甲乙主之瓊山發秀珠泉獻液真人於此
枕流漱石遊人雲外步虛禮斗馳思仙鄉自覺髦而清
齋視紛華如敝屣香硏巾拂不事珍奇木食草衣恒存
慈儉蚊幬雖設取足於絺綌莞席自安弗求於錦綺又
作攬古之樓於通玄聚書數萬卷道德註疏何啻千家
玄聖淵源列圖十子著老子原旨及原旨發揮闡尹闡

玄文子纘義等書數十萬言皆理造幽微文含混厚讀之者知大道之要行之者得先聖之心可謂學業淹深文行俱備者矣真人以考妣不及於養即通原之麓作天根道域奉衣冠葬焉至於爪髮之微亦藏幽室終身之慕每見㦲容孝事父母於斯見之初玄教大宗師開府張公疏舉真人兼領杭州四聖延祥觀真人勞心基搆協力規圖輪奐既新髹荒求秩今上皇帝遊心大道申念老臣皇慶改元宣授隆道冲真崇正真人依舊住

持杭州宗陽宮兼湖州計籌山昇元報德觀白石通玄

觀真人居寵思退請老而傳尋奉璽書以弟子姚志恭

為昇元提點師孫孫拱真為提舉俾世世相傳源源不

絶延祐五年歲在戊午真人在宗陽時年八十有二正

月十一日微疾取平生所有物手自標題散之親舊既

而出偈遺諸弟子十一日旦頂中爆然有聲而逝弟子姚

志恭孫拱真等痛慕罔極竭力營護以三月十一日壬

申遷神藏於天根道域慨旌揚之拔宅仰企無從思許

椽之登晨真文空在杭州達官士庶諸山緇褐哀號攀挽巷無居人舳艫蔽流縞素彌望又豈特送車千乘而已哉非夫道德感人仙風振遠疇能若是凡度弟子若干人其高第弟子姚志恭孫拱真以真人事狀請大洞法師張君嗣顯過余溪上張君於真人有雲霞之契於孟頫有道義之交俾撰新銘用彰玄德孟頫夙從髫嵗夙慕高標先君將漕於金陵真人假館於書塾攜持保抱緣契相投雲將拜鴻濛為師緬懷維舊太白為紫陽

銘墓授筆何辭銘曰

至人應世啟贊清寧道包玄象德協文明青山孕質白石標英飛聲天陛高步雲瀛其一氣藹蘭芳形逾松茂嘯月珠淵采薇瓊岫碧落回軿閬風揮袖服食五牙棲遲三秀其二玄經闡義原旨立言皇文粹聖王化彌尊懸諸日月纘於乾坤谷神不死至道長存其三仙寓金暉真容玉暐桂闕霞亀芝城雲斐碧瓦參差丹檽焜煒屢降鸞書時朝鳳扆其四籌峰宴景真館凝神從容觀化消揺上

實煙蘿泣月露草淒塵佇雲闕而悵望文翠琰於千春

其五

勅建大興龍寺碑銘奉懿旨撰

儀天興聖慈仁昭懿壽元全德泰寧福慶皇太后既顯受寶冊於興聖宮大備天下之養迺皇慶二年七月丙午内出旨若曰維茲懷孟於寡躬暨今天子昔嘗臨幸其地既而入正紀綱登大位若稽祖宗故事即行殿作大阿蘭若宅淨信比丘其中嚴奉三寶庶幾上報皇天

后土及祖宗之德明迓國釐以衍皇祚於無窮維爾徽
政院臣以興以輸式時底績俾予翕受成福命下之明
日大徵工師經畫基構計慮尋引即市荆楊大木使就
繩削浮舟以來乃若鐵石瓴甓髹丹堊墁之物像繪旛
蓋函度鐘磬之儀費皆時給越二年寺成皇太后賜名
大興龍寺命僧廣開主之斥陸田三百頃以贍食於寺
者而以其碑之文命翰林序書之臣孟頫職在紀載謹
拜手稽首而獻文曰維皇元誕受天命仍世作德明配

在上渟恩豐澤漸涵煦育東西極日所出入而南北際
於炎荒玄朔之地海虗獐徼廣輪不知其幾萬里聲被
教洽薫為泰和度越唐虞三代之盛矣迹其所以多得
於大雄氏之道者竊嘗觀之自象教旁霑時君世臣固
亦尊信隆事傾悅企嚮而徒揣迹於言語文字之閒謂
足以殫盡其道而不知吾佛世尊大圓悲智方便聞修
六度俱證萬有咸宗者以能一本於仁求諸吾心而已
今皇帝陛下重純累熙而皇太后殿下執坤承乾前朝

後闡雍雍懌懌明孝深慈化覃率普是維有得於其道
而且全得於其心者矣宜乎紹開天地之休迓續烝民
之生焯然為萬世皇極之主也矧茲覃懷維昔异方舜
封禹域咸在都畿之内龍光所被車轍馬迹澤奕如新
紺宫金刹雲湧山立諸佛世尊固將隨境應現發祥委
祉翼慈算於萬億登洪圖於三五所謂由佛之道得佛
之心者明徵定保庶其在是銘曰
昔在能仁出震五天具正徧知垂教萬年付畀之宏得

聖乃傳於維皇元啓運非後念兹法印如手授受累聖
同符以有九有仁闡既敷義聲以鋪苞山絡海悉貢悉
輸格於穹旻肇我今皇皇侍長樂聖孝孔彰太母曰嘻
予有攸德諸佛應心在予一德睠思河内帝昔潛龍宜
即舊邦塔廟是崇爾徽政臣畫堵為宮其堅其良駿發
爾功庶工子來奔走先後既畚既斵亦塗亦釦豐棟華
榱文綱雕牖珉堦珷級翼映左右慈顔載豫瑞慶有開
錫名興龍聖言大哉旃檀苾芻以道實來既寧爾居亦

豐爾食乃割井腴乃宏經席花雨繽紛唄聲晨夕懷人
盈庭頌言以讙龍德方中萬目齊觀豈惟懷人有懌在
顏既開化城兆民孔安濟流湯湯王屋峙峙蜮沓非遂
五臺非邇青狻白象時戾時止函香歲來以格緐祉降
祉既緐表佛勝相放種種光照燭無量飛潛動植冰釋
罪障證一切智歸福於上皇上孝仁德並羲軒纂繩祖
武光裕後昆兩宮萬壽與天長存

大元大崇國寺佛性圓明大師演公塔銘

至大二年九月廿二日大都大崇國寺住持沙門佛性圓明大師演公卒越二年其大弟子告於天子曰先師入般涅槃浮屠氏法遺骨舍利必奉之以塔先師以道行承列聖寵遇甚厚非著之文字無以下久永在廷之臣孰宜為之銘維陛下擇焉天子以命臣孟頫臣孟頫謹奉詔按其行事而叙之曰師名定演俗姓王氏世為燕三河人自幼性不能肉食祖母教之佛經應聲成誦七歲入大崇國寺事隆安和尚為弟子徧習五部大經

服勤左右朝夕不懈隆安亟稱之於是遂使之研精抄疏求第一義及隆安順世遺命必以師補其處法兄總統清慧寂照大師亦退而讓之師固辭是夕其徒有夢淨室中一燈熒然旦為師言且最師曰正法不可以無傳人天眷眷望有所歸師計不得已遁去三遊五臺山還居上方寺博觀海藏兼習毗尼三昧屬崇國寺復虛席衆泣而告之師始從其請日講華嚴經訓釋孜孜曾無厭數世祖皇帝聞而嘉之賜號佛性圓明大師至成

宗時别賜地於大都建大崇國寺復受詔主昊天寺戒壇宿德號雄辯大師授之以金書戒經於是祝髪之徒以萬計咸稽首座下尊禮師為羯磨首歲以六月六日用所得布施資飯僧五百衆誦諸大經及於兩寺講筵捨長財以修珍供弟子百餘人得法者三十人師未卒時其大弟子薊州延福寺住持義敬等先為師建塔至是奉之以葬焉壽七十三臘三十有五師自涖講席數蒙聖恩嘗賜白玉觀世音菩薩像皇太后聞師道行亦

降懿旨以護其法銘曰

維天渾然理以充塞人異於物以全有德欲勝而爭爰

失厥性聖人憂之以藥療病為道無形易流而蕩立之

範防實毗尼藏不肆而拘昌既厥能非説所説演最上

乘歷年二千旁行是宣不顯而晦其義則玄維此聖諦

如海無際不有先覺孰覺一世皇元聿興爰有異人食

避有知其性已仁高道厚德溢此講席人以允迪不塞

而闢復登戒壇為羯磨首如大將誓衆惕然受仰承列

聖祓之休光盛為建宫厚不可量生滅滅已傳於弟子

正法不壞利及生齒帝念不忘勅臣孟頫著銘於石以

告萬古

臨濟正宗之碑奉勅撰

佛以大智慧破一切有以大圓覺攝一切空以大慈悲

度一切衆始於不言而至於無所不言無所不言而至

於無言夫道非言不傳傳而不以言則道在言語之外

矣是為佛法最上上乘如以薪傳火薪盡而火不窮也

故世尊拈花迦葉微笑一笑之頃超然獨得尚何可以
言語求哉自摩訶迦葉廿八傳而為菩提達摩達摩始
入中國居嵩山少林寺面壁坐者九年達摩六傳而為
能大師十傳為臨濟大師師生於曹州遊學江左事黄
檗大師黄檗種松劚地有聲師聞之豁然大悟歸鎮州
築室滹沱河之上今臨濟院是也因號臨濟大師師之
於道得大究竟繇臨濟而上至於諸佛繇諸佛而下至
於臨濟前聖後聖無間然矣直指示人機若發矢學者

闡之耳目盡喪表裏無據自能大師後禪分為五唯師
所傳號為正宗一傳為興化獎再傳為南院顒三傳為
風穴昭四傳為首山念如此又五傳而為五祖演演傳
天目齊齊傳嬾牛和和傳竹林寶寶傳竹林安安傳海
西堂容庵容庵傳中和璋璋傳海雲大宗師簡公海雲
性與道合心與法冥細無不入大無不包師住臨濟院
能系祖傳以正道統佛法蓋至此而中興焉當世祖聖
德神功文武皇帝在潛邸數屈至尊請問道要雖其言

往復紬繹而獨以慈悲不殺為本師之大弟子二人曰可庵朗公頤庵儇公朗公度華庵滿公太傅劉文貞公儇公度西雲大宗師安公師以文貞機智宏達使事世祖皇帝當是時君臣相得策定天下深功厚德及於元元卒為佐命之臣皆自此啓之也元貞元年成宗有詔迎西雲大宗師住大都大慶壽寺進承清問經歷三朝發撝玄言得諸佛智懸判三乘如一二數由是臨濟之道愈擴而大今皇帝欽承祖武獨明妙心刻玉為印以

賜西雲其文曰臨濟正宗之印特加師榮禄大夫大司
空領臨濟一宗事仍詔立碑臨濟院且命臣孟頫為文
稱揚佛祖之道以示不朽臣孟頫既敘其所傳授又系
之銘銘曰
佛有正法覺妙明心二十八傳至於少林赫赫少林師
我震旦使為佛種不鍥而斷傳後十世而得臨濟為道
坦然如指而示又傳十四是為海雲坐祖道場能紹厥
閒維我世祖誕膺天命威震九有維佛是敬聞師之名

若古賢聖嘗進一言深入睿聽不殺之仁其利甚宏俾

大弟子為帝股肱至西雲公能嗣其業據獅子座為衆

演説聞者讃歎信者鄉風得者如寶悟者如空今皇帝

聖深契道要曰臨濟宗繫爾能紹即心即佛時乃共守

傳不以言而以心受皇帝萬年正法永傳尚迪後人勿

昧其原

松雪齋集卷九

欽定四庫全書

松雪齋集卷十

元　趙孟頫　撰

制

資善大夫隆禧院使交著封贈三代制

曾祖父

人本乎祖孝莫大於顯揚君體其臣恩莫先於褒卹上及三世國有彛章具官曾祖父阿台薩理學貫幽玄德

崇端慎西域之版圖既入四方之賢俊咸歸爾以辨慧
之才適際休明之運及我定宗之世遂為皇子之師流
慶本支既大興於象教推忠社稷乃繼秉於鈞衡睠爾
曾孫益昭先訓是用錫以保德之號表以柱國之勲仍
定謚以疏封庶襃生以勸後於戲趙國山河之固既啟
爾邦漢朝帶礪之盟尚期爾後英靈如在寵渥其承可

曾祖母

朕維遡本以推恩所以勸忠而教孝矧以曾孫之善繼

宜均伉儷以疏封具位有德有言令儀令色既來嬪於
君子遂鍾秀於諸孫或振響於覺林學推慈濟或著勲
於鈞軸世篤忠貞盡從列爵之榮以顯宜家之美於戲
魚軒翟茀雖莫及於當年鸞誥龍章庸追崇於三世尚
歆寵命以迪後人可

祖父

大道之興蓋有關乎世運佛教之盛故莫尚於我朝慨
想哲人申加卿典具官祖父乙台薩理法之龍象國之

鳳麟禀勇猛精進之資負剛明果鋭之氣樹宗風而益
振酌法海以彌深福澤之流卒歸後嗣柱石之佐遂為
良臣雖已寵於褒章猶未愜於朕志是用表勲著號賜
履易名庸建爾於上公式慰爾於下地於戲道長世短
既脱履於空華子孝孫賢尚珥貂於奕葉其歆朕命永
建乃家可

祖母

風化之本實肇於閨闈褒卹之章必齊乎伉儷烝畀祖

妣爰爾國恩具位秀毓德門家稱寶媛篤生賢哲嶷然
台鼎之司坐享安榮欝若山河之錫逌諸孫而未艾貽
德澤之可隆宜進腴封用疏大國於戲非此母而不生
此子徒緬想於藎臣爵其婦而從其夫尚有光於來世
爾靈不昧朕命其承可

父

自古哲王咸有股肱之佑惟我世祖居多心膂之臣緬
想先猷有如一日宜加褒典以慰九泉故榮禄大夫中

書平章政事守司徒集賢院使領太史事阿剌渾薩理
縝密而溫純明敏而謹慎早親帷幄朝夕輸獻納之忠
出共車輿春秋備巡遊之從汲引天下之士進不隱賢
彌綸禁中之機退無泄語總義和於乾象位承弼於鈞
衡管輅學貫天人恒容陳於警戒子房智定儲貳亦預
計於基圖能自保其功名人不見其喜愠當時有全才
之目舉朝皆厚德之推美矣流芳惜哉異世是用獻錫
功臣之號榮加柱國之勲茅土開全趙之封公府建維

垣之重易名節惠極致哀榮於戲明良同時慨追懷於
既往子孫逢吉尚思報於來今洛爾有靈欽于時命可

母在堂

婦人從夫之爵不以生死而異恩臣子事君以忠宜被
褒崇之令典此葢國家之制爰䟽閨闈之榮具位婉娩令
儀柔嘉維則事舅姑以孝藹然婦德之純教子孫以賢
允矣母道之粹況爾先臣之內助盍開大國之華封於
戲翟茀以朝肅示車服之美綵衣侍養坐膺甘旨之供

往服寵嘉益綿壽祉可

章佩丞黒黒封贈三代制

曽祖父大名路達魯花赤扎馬剌丁贈順節功

臣資德大夫中書左丞上護軍追封魏國公

朕聞明莫明於審勢愛莫愛於保民追惟開國之初每

歎忠臣之義有一於此其忍忘之（具官）大智若愚沉幾

先物方太祖之四伐守西域之孤城慕帝王之有真不

謀妻子帥人民而來附各保父兄卒典名藩遂開魏土

豈人為之能致信天道之不誣爾子爾孫益陳力於帝
室我爵我土宜膺寵於褒章庸極哀榮以昭勸賞於戲
積德累行之報既見於今四世五公之隆尚期爾後英
靈不爽寵渥其承可
　祖父資政大夫湖廣等處行中書省左丞阿里
　罕贈推誠宣力功臣光祿大夫中書平章政事
　柱國追封魏國公
繼述之善往聖之所嘉藩翰之良有國之攸賴人雖遠

矣朕甚休之肆由美於褒章用垂勸於來葉具位材兼德備惠與政和五綰郡符若龔黄之再出四持使節如方名之復生危而持顛而扶寒者衣飢者食山無弄兵之盜野有樂業之民惟久歷於外藩亦洊登於左轄材猷未展館舍遽捐方資後嗣之賢莫究前人之報是用表勳著號析爵疏封職躋端揆之榮國錫大名之美於戲生必有死貴身没而名存善則降祥惟本深而末茂其歆朕命永迪爾孫可

祖母兀魯溫迷失氏追封魏國夫人
爵婦以勸從夫之道古之所先與祖而有及妣之文令
其可後具位以鳲鳩之德應鳳凰之占作配良臣克就
勲庸之美致嚴祀事不違孝敬之誠錫號夫人啓兹魏
土於戲蘋蘩藴藻幸膺配食之榮茅土山河永享腊田
之富淑靈不昧休渥惟歆可
祖母完顔氏追封魏國夫人
繼室之賢必以子孫而貴從夫之爵乃有國家之恩矧

在名臣盡頒異數（具位）幽閑素禀柔順自持夙夜不忘
警戒之誠春秋克盡烝嘗之義詩書教子遵女史而勿
渝勤儉起家為夫族之所法蓋得之於天者厚宜報之
以德者豐號爾小君封茲大國於戲惟爾克孝故有子而
能忠惟爾克敬故有孫而善繼朕命惟允淑魄其承可
父榮禄大夫江浙等處行中書省平章政事亦
不剌金贈推忠協恭佐理功臣太保金紫光禄
大夫上柱國追封魏國公

世稱願為良臣其志深矣朕嘗敷求前哲厥迹茂焉一
老不遺每懷靡及具官學知體用才濟猛寬頃以父祖
之資遂際君臣之會敭歷中外垂三十年踐履高華名
數千里詩書禮義之府博涉深探庠序教化之原朝論
夕講是以綱提目舉草偃風行論貨殖則以足民為先
掌銓衡則以得人為本分符出鎮有父母斯民之心攬
轡周詢有澄清天下之志遠則郊原春動近則臺閣風
生舟楫鹽梅方深期於大用藩籬屏翰遽興歎於云亡

爰肆殊恩式加褒典於戲大名魏國以為茅土之封太
保上公以示槐班之貴勲號無美生死同榮歆此寵章
迪於後嗣可

母阿木剌氏追封魏國夫人

詩稱鵲巢之德禮有翟茀之儀緬懷輔佐之賢盡隆車
服之數　具位　以爾令族嬪於高門勤儉孝慈早著閨儀
之美貞忠婉懿式為婦道之師俾予良臣克盡忠效可
忘內助之報爰疏大國之封於戲生為邦君之妻榮其

至矣没正夫人之號禮亦宜之咨爾淑魂歆予休命可

中奉大夫殊祥院使執禮和台封贈三代制

曾祖父哈直兒

崇德報功國家之令典慎終追遠臣子之至情宜推歸

厚之恩庸侈追崇之數具官賦資剛正立行貞良際遇

祖宗之時備盡股肱之力執干戈以宿衛夙夜靡違屬

櫜鞬以從征險夸勿二生未霑於一命德乃種於諸孫

是用極五等之封開三公之府易美名以節惠錫顯號

以紀功於戲貽厥孫謀已深嘉於既往繼其祖武亦用
勸於來今靈而有知服之無斁可贈翊衛功臣太保金
紫光禄大夫柱國仍封梁國公謚莊襄

曾祖母外剌真

爵賞之制所以旌忠贈䘏之恩所以教孝惟爾故臣之
配可無寵命之頒具位生而令儀出於華胄竭勤勞於
内助事我祖宗致善慶之多祥施於孫子式示治朝之
勸爰開大國之封於戲秩視上公已躋榮於九命恩加

三世庶足慰於重泉咨爾淑靈服茲休命可仍封梁國

夫人

祖父馬察

恩莫大於報功用昭國家之典禮莫重於尊祖以晝臣

子之心維爾舊臣宜膺顯秩具位天挺英毅世篤忠貞

斬將搴旗日闢國於百里披堅執鋭身可敵於萬人累

聖咸録其勤勞厚賜屢膺於寵澤嘉爾令子為國功臣

是用重賜嘉名申加美謚槐佐再開於公府茅封仍胙

於梁區於戲生不同時尚想見其風采死而如在顧何
惜於褒崇咨爾英靈服予休命可贈忠宣協力功臣太
傅儀同三司上柱國仍封梁國公謚桓武

祖母脫脫泥

朕念勲勞之臣舉褒贈之典况貽謀於孫子嘗宣力於
國家爰示寵章追崇世美具位克全貞烈作配忠良勉
正其夫致有外攘之績象賢有子益昭積慶之祥庸疏
大國之封俾正小君之號於戲無德不報宜一品之躋

榮有開必先見百年之種德當其靈識歆此殊恩可仍
封梁國夫人
父囊加
臣子之忠有殊功於社稷國家之典宜追錫於勳階愳
貴幽宮其孚渙號具官性資英爽謀畧沉雄忠武得於
家傳智勇方於人傑登將壇而作士氣恒收逐北之功
銜使命以覘敵情坐定平南之策始終一節服事四朝
蓋嘗居風憲之司亦屢任承宣之寄屬成廟奄棄羣臣

之後當眇躬入平内難之時擁戈以啟元戎同祈父之
爪士按劒以決大計若太公之鷹揚信一言以興邦不
踰時而定國方倚樞機之任遽嗟疾病之攖出鎮省垣
考終里第每念干城之績忍聞鼙鼓之聲嘉爾後人克
承先緒是用開師垣於公府分浚土於王封賜號旌功
易名節惠於戲河如帶山如礪傳茅胙於無窮木有本
水有源茂子孫於益永英靈不昧寵命其承可贈推忠
靖難翊運功臣太師開府儀同三司上柱國追封浚都

王謚武忠

故母阿里哈納

國家推報功之恩視勲勞而肆賞婦人有從夫之義沛

封爵以齊榮爰錫寵章用光泉壤具位柔嘉秉德勤儉

能家善事夫君克佐外攘之事敬恭婦職使無内顧之

憂既資同體以宣勞宜合齊眉而錫命於戲茅封浚土

式開異姓之王花誥金泥庶昭同穴之義欽予嘉寵慰

爾貞魂可追封浚都王夫人

毋也速倫

君使臣以禮昔聞於聖言夫乃婦之天宜從於王爵此

蓋朝廷之彜典式昭閨闈之至榮具位起家儉勤持身

淑慎相爾君子居多內助之功宜其家人故有降祥之

慶惟先正盡忠於帝室故浚都大啟於王封爰肆殊恩

以及賢配於戲貂蟬四葉奇勳顯著於旂常鸞誥五花

異壤齊榮於湯沐欽承寵命益介壽祺可封浚都王夫

人

光祿大夫平章政事大司徒徽政院副使領將作
院事張九思贈推誠翊亮功臣開府儀同三司
太傅上柱國魯國公謚忠獻制
功存翊衛勝惟先正之臣國有彝章式舉追崇之典宜
頒異渥以賁重泉具官寬厚有容質直好義早逢熙運
位登喉舌之司逮事春宮身任羽翼之寄屬奸臣之亂
作閉宮門而弗開倉卒之間忠節可尚太皇知其謹慎
委任盡其始終世祖疇其勲庸爰置諸其左右天下誦

司馬光之字朝廷推萬石君之風從容乎廟堂咨勿乎
禁近鞠躬盡瘁弼亮三朝正笏垂紳夸險一節謀猷方
資於啟沃疾病遽得於勤勞雖沒世之有年亦懷賢其
無已是用封之東魯建於上公三司同開府之儀八柱
表承天之力示崇德報功之澤極生榮死哀之情於戲
朕惟圖任舊人天不慭遺耆老九原莫作一品斯崇夫
推賢盡誠之謂忠賢德有成之謂獻合茲節惠以著嘉
名峇示英靈服予寵命可

故行軍千户權順天河南等路軍民萬户賈輔贈
金吾衛上將軍中書左丞武威郡公謚武毅制
朕嗣承丕構緬想先猷惟祖宗之造邦賴英傑之助順
或擁城池而奉獻或屬櫜鞬而效忠雖其人之云亡而
厥功之可尚宜修播告式示褒嘉具官沉毅而敦書驍
雄而善戰際遇太祖削平中原崛起燕趙之間以乘風
雲之會據祁陽之奥壤當河朔之要衝保而有之莫或
侮者知天命之有在抱地圖而來歸朔漠驅馳方致望

雲之喜春秋奄忽溘先墜露之零爰命朝廷歸國鄉里
虎頭食肉惜萬里之未侯馬革裹尸雖百身而莫贖念
言慨歎顯示追崇爰疏上將之榮無畀丞凝之寵節以
壹惠昭其庸勲於戲賓融入朝遂騰聲於漢室鄧禹杖
策亦畫象於雲臺著令聞於無窮視古人其何媿凛然
英爽服此殊恩可

故湖廣行中書省叅知政事貫文備贈榮禄大夫
平章政事祁國公謚通敏制

朕念世德之臣嘉干城之將旣戰功之可紀宜爵命之
追崇誕告在廷式孚大號具官機沉而志決氣邁而力
雄生遇世祖之時號爲名父之子赤心報國算靡失於
毫釐結髮從軍戰不聞於敗北受蔡公之節制耀鄂渚
之軍聲仗鉞嶺南措遺黎於衽席提師海上建奇績於
樓船蠻蜑咸服其威名湖廣繼叅於政事寬柔温裕有
詩書元帥之風慈愛聰明全豈弟君子之德乞骸骨而
勇退及齒髮之未衰恨不同時事如昨日爰頒異數峻

疏一品之榮乃謚嘉名兼昇上公之爵於戲慎終追遠
聖哲之名言崇德報功國家之彝典英魂不昧寵命其
承可
開府儀同三司太師録軍國事重遥授中書右丞
相宣徽使尚服院使知樞密院事領中正院事
歪頭封淇陽王制
勲舊之臣澤宜加於冑嗣藩屏之寄恩盍衍於真封寵
命匪私彝章斯稱具敷渙號誕告明廷具官大器夙成

小心日著肯堂肯構材克紹於宣猷如玉如金德式昭於王度雅有象賢之譽居多事主之勤未嘗富貴以驕人每竭忠誠而許國維爾祖考茂績紀於旂常錫之山川列爵分於茅土宅淇陽之名壤秩開府之崇儀仍畀金章增榮華衮於戲纘乃舊服追配前人之光暨余同心永綏先王之祿往欽朕命則予汝嘉可

交趾批答

卿世守海邦遠修職貢載馳使介來捧賀章顧方物之

屢陳知乃心之克謹茲馬還邁宜示寵嘉其堅事大之誠以體同仁之意今賜卿其物若干至可領也春寒卿比平安好遣書指不多及

御試策題 皇慶二年

制曰朕聞治天下之道必本於仁義唐虞三代之盛用斯道也刑罰之施不過輔治而已朕承祖宗丕顯之業嗣守大寶君臨萬方思得賢士大夫與之共治故延問於子大夫子大夫誦先聖之遺書深明厥旨夫行仁義

必盡心於民事本末先後之叙究之詳矣其為朕言之

朕將擇焉

贊

李士宏真贊

氣禀全晉之豪風流東晉之高落筆雲煙吐辭波濤耽

文藝如嗜欲以古人為朋曹出則父母名杜入則侍從

夔皐蓋塵俗所不能侵而軒冕亦不能逃也

粲政郝公畫像贊

麟鳳龜龍是為四靈公出瑞世儀於帝廷政柄是叅衮職
是補進退有道孰余敢侮巖巖國楨表表人望見者竦
然咸曰良相天子知公公豈久閒維伊維吕伯仲之間

雪樓先生畫像贊

崷山喬嶽降其神長江大河肆其文望之儼然薄夫為
敦幅巾褒衣坐鎮雅俗豸冠白簡逆折奸臣蓋凛然如
白雪鵠然如陽春雖玉帶金魚世以為公貴孰知夫冒
呑雲夢者所以為一代偉人也哉

昭文館大學士榮禄大夫平章軍國事行御史中

丞領侍儀司事贈純誠佐理功臣開府儀同三

司太傅上柱國魯國公謚文貞康里公不忽木

畫像贊

於維魯公萬夫之雄篤學力行擇乎中庸夙遇世祖明

良相逢以道事君謇謇匪躬無言不讐無諫不從舉善

若遺疾惡如風誅鋤草萊黍稷芃芃夙夜匪懈以成治

功維此治功四方攸同昔唐魏徵相於太宗仁義之效

及於鰥㾓維公德業千古齊蹤載瞻遺像彷彿音容式
昭頌聲以播無窮

長春宮孫真人真贊奉勅撰

澹兮其若川油兮其若雲在天虛兮其若谷粹兮其若
玉沖沖兮而無不足服文采冠崔嵬佩寶璐人皆羨其
榮而我安若素夫所謂真人者非斯人其孰與耶故天
下有道之士皆師尊之況覩其容而即其溫者乎

兵部主事申穆之父伯祥醫學教官畫像贊

盧扁已逝無良醫蒼生有疾醫者誰申君挺出泰山陲力學至老不少衰著書立言補闕遺察脈療病窮毫釐要與人世扶災危此意自足追黄岐惜哉不見用於時空覩畫像令我悲活人有後不我欺我作此語君應知

開府儀同三司輔成贊化保運玄教大宗師張公畫像贊奉勅撰

道德之全玄之又玄時而出之溥博淵泉其動也天游其静也自然人皆謂我智而我初無言人皆謂我貴而

我不敢為天下先贊化育而不居寶慈儉以乾乾故位

三公揖萬乘獨立乎方之外而坐閱乎大椿之年微臣

作頌承命自天穆如清風萬古其傳

夏真人真贊

松風兮颼飀石泉兮交流逍遥兮燕坐與造物兮同遊

清揚皎其玉雪氣宇凜乎高秋古之仙者不可得而見

矣我儀圖之其陶真白之儔與

平章政事趙公子敬真贊

侃侃君子之德蹇蹇王臣之風黄閣霜臺夙夜在公古所謂體國之忠然而進退有道彿磨彿涅位廊廟則不忘於山林在江湖則心存於魏闕古所謂識時之傑噫世之珙璧國之蓍龜微斯人其誰與歸

中峯和尚真贊

身如天目山寂然不動尊慈雲洒法雨徧滿十方界化身千百億非幻亦非真覔贊不可得為師作贊竟

銘

周待制致樂堂銘

子事父母貴養其志孰謂外物而樂可致孝本天性率性即孝具在方冊可則可效周君之堂我雖未升載觀斯文孝實有徵爰作銘詩以頌以勉五十而慕舜也何遠

題跋

書吴幼清送李文卿歸養序後

饒陽李文卿方佐涟海戎幕一旦請解官歸養是其時

父八十餘矣溫凊之問甘旨之供又數年而父卒旣卒
葬之以禮服闋復佐真定戎幕於杭於是文卿亦七十
矣告老而歸戎帥苦留之不可奪乃以詩卷使其表弟
宋某來徵余言僕開卷見司業吳公之文嗟乎吳公之
言憤世嫉賢可為萬世戒而益有以見文卿孝於其親
異於流俗萬萬也況文卿之家七世不異爨其所由來
蓋亦有自而文卿又能引年致仕視世之貪榮苟禄者
何啻霄壤也尤使人敬之愛之不能自已敬書於吳公

之序之後而歸之

七觀跋

七觀者翰林待制袁公桷之所作也何為而作也翰林承旨程公請老而歸袁公作此以送之也送程公之歸而不及乎執手傷離之情顧乃鋪張組織細大靡遺何其勤且博也蓋自枚生始作七發魏晉而下往往追蹤躡影誇奇鬬麗才高者干雲霄學博者漲溟渤後之學者絕響久矣公之此作因事以發其辭引類而極其理

將馳騁乎漢魏超軼乎班揚非夫貫通三才博綜百家疇能縝密宏辨若斯其美也僕雖衰老目昏不覺援筆為書一通若袁公不以筆札之陋刻諸堅石庶幾詞翰相須之義傳之天下後世以為美談云爾

題如上人詩集

詩不可以易言也易於言詩者必其天資超卓學問過人故其為言似平而實險似淺而實深故觀者以為易耳四明如上人以詩示僕有仇仁近張仲實吾子行叙

引仇張吾三子者今之善詩者也其於如上人之詩亟稱道之則僕可無言矣然僕才劣獨以詩為難非若三子者易於言詩也唐宋善詩高僧以十數其所以名世傳後者皆不可以易得如上人知其難歸而求之有餘師矣僕所以為是言者愛上人之才喜其言語之工而欲增益其所未至耳上人以僕之言為然耶不然耶

閣帖跋

書契以來遠矣中古以六藝為教次五曰書書有六義

象形指事諧聲會意轉注假借書由文興文以義起學
者世習之四海之内罔不同也秦滅典籍廢先王之教
李斯變古篆程邈創隸書隸之為言徒隸之謂也言賤
者所用也漢承秦弊舍繁趨簡四百年間六義存者無
幾漢之末年蔡邕以隸古定五經洛陽辟廱以為復古
觀者車日數十百兩其後隸法又變而真行章草之說
興言楷法則王次仲師宜官梁鵠邯鄲淳毛宏行書則
劉德升鍾氏胡氏草則崔瑗崔實張芝弟張文舒姜孟

潁梁孔達田彥和韋仲將張超之徒咸精其能至晉而
大盛渡江後右將軍王羲之總百家之功極衆體之妙
傳子獻之超軼特甚故歷代稱善書者必以王氏父子
為稱首雖有善者蔑以加矣當是時江右號禮樂衣冠
之國而北朝尚用武其遺風流俗接於耳目故江左人
士以書名者傳記相望歷隋而唐文皇尚之終唐之世
善書者葷出其大者各自名家逸其名者不可勝數亦
可謂盛矣宋興太宗皇帝以文治制誥有司各以善貫

購法書聚之御府甚者或賞以官時五代喪亂之餘視
唐所藏存者百一古迹散落帝甚憫焉淳化中詔翰林
侍書王著以所購書錄三代至唐蹟為十卷摹刻秘閣
題曰上石其實木也既成賜宗室大臣人一本自此遇
大臣進二府輒墨本賜焉後乃止不賜故世尤貴之黄
太史曰禁中板刻古帖皆用歙州貢墨墨本賜羣臣今
都下用錢萬二千便可購得元祐中親賢宅借板墨百
本分遺宫僚用潘谷墨光輝有餘而不甚黟黑又多木

橫裂文士大夫或不能盡别由此觀之刻同而墨殊亦
有以也甲申歲五月余書鋪中得古帖三卷第二第五
第八明年五月又得七卷多第八缺第九六月以其多
者加公權帖一卷於錢塘康自修許易得第九卷始為
全書雖墨有爆濕輕重造有工苦皆為淳化舊刻無疑
是可寶也自太宗刻此帖轉相傳刻遂遍天下有二王
府帖大觀太清樓帖絳興監帖淳熙修内司帖臨江戲
魚堂帖利州帖黔江帖卷帙悉同又有慶歷長沙劉丞

相私第帖碑工帖尚書郎潘師旦絳州帖絳公庫帖稍加損益卷帙亦異其他瑣瑣者又數十家不可悉記而長沙絳州最知名要皆本此帖書法之不喪此帖之澤也予因記得帖之由遂摭具本末著於篇

洛神賦跋

晉王獻之所書洛神賦十三行二百五十字人間止有此本是晉時麻牋字畫神逸墨彩飛動紹興間思陵極力搜訪僅獲九行一百七十六字所以米友仁跋作九

行定為真跡宋末賈似道執國柄不知何許復得四行七十四字欲續於後則與九行之跋自相乖忤故以紹興所得九行裝於前仍依紹興以小璽款之却以續得四行裝於後以悅生胡盧印及長字印款之耳孟頫數年前竊禄翰苑因在都下見此神物託集賢大學士陳公顥委曲購之既而孟頫告歸延祐庚申忽有僧闖門持陳公書并此卷數千里見遺云陳公意甚勤勤也陳公誠磊落篤實之士不失信於一言豈易得也因併及之

至治辛酉既裝池適老疾不能跋壬戌閏五月十八日
雨後稍凉力疾書於松雪齋
又有一本是宣和書譜中所收七璽宛然是唐人硬黄
紙所書紙畧高一分半亦同十三行二百五十字筆畫
沉著大之韻勝余屢嘗細觀當是唐人所臨後却有柳
公權跋兩行三十二字云子敬好寫洛神賦人間合有
數本此其一焉寶歷元年正月廿四日起居郎柳公權
記所以吾不敢以為真跡者蓋晉唐紙異亦不可不知

也

樂府

浪淘沙

今古幾齊州華屋山邱杖藜徐步立芳洲無主桃花開又落空使人愁　波上往來舟萬事悠悠春風曾見昔人游只有石橋橋下水依舊東流

太常引

水風吹樹晚蕭蕭散髮醉吹簫塵事苦如毛要洗耳時

聽舜韶　舊遊何處瓊山銀海宮殿鬱岧嶤誰與共遊

遨尚記得仙人子喬

南鄉子

雲擁髻鬟愁好在張家燕子樓稀翠疎紅春欲透溫柔

多少閒情不自由　歌罷錦纏頭山下情波左右流曲

裏吳音嬌未改障羞一朶芙蓉滿扇秋

水龍吟　次韻程儀文荷花

淩波羅韤生塵翠旍孔葢凝朝露仙風道骨生香真色

人間誰妒佇立無言長疑遺世飄然輕舉笑陽臺夢裏朝朝莫莫為雲又還為雨　狼藉紅衣脱盡羡芳魂不埋黄土涉江遥去采菱拾翠攜儔嘯侶寶玦空懸明璫偷解相逢洛浦正臨風歌斷一雙翡翠背人飛去

虞美人

池塘處處生春草芳思紛繚繞醉中時作短歌行無奈夕陽偏傍小窗明　故園荒徑迷行迹只有山仍碧及今作樂送春歸莫待春歸去後始知非

江城子 賦水仙

冰肌綽約態天然澹無言帶蹁躚遮莫人間凡卉避清妍承露玉杯餐沆瀣真合喚水中仙 幽香冉冉莫江邊珮空捐恨誰傳遥夜清霜翠袖怯春寒羅韈凌波歸去晚風裊裊月娟娟

蝶戀花

儂是江南遊冶子烏帽青鞋行樂東風裏落盡楊花春滿地萋萋芳草愁千里 扶上蘭舟人欲醉日莫青

山相映雙蛾翠萬頃湖光歌扇底一聲催下相思淚

點絳脣

昏曉相催百年窗暗窗明裏人生能幾贏得貂裘敝富貴浮雲休戀青綾被歸與未放懷煙水不受風塵眯

水調歌頭與魏鶴臺飲芙蓉洲弁成甫用東坡韻見贈走筆和之時已巳中秋也

行止豈人力萬事總由天燕南越北鞍馬奔走度流年今日芙蓉洲上洗盡平生塵土銀漢溢清寒却憶舊遊處回首萬山間丁亥秋與成甫會八詠樓故云　客無譁君莫舞我欲

眠一杯到手先醉明月為誰圓莫惜頻開笑口只恐便成陳迹樂事幾人全但願身無恙常對月嬋娟

水調歌頭 和張大經賦盆荷

江湖渺何許歸興浩無邊忽聞數聲水調令我意悠然莫笑盆池咫尺移得風煙萬頃來傍小窗前稀疎淡紅翠特地向人妍　華峯頭花十丈藕如船那知此中佳趣別是一壺天倒挽碧筩釃酒醉卧緑雲深處雲影自田田夢中呼一葉散髮看書眠

虞美人 浙江舟中作

潮生潮落何時了斷送行人老消沉萬古意無窮盡在長空澹澹鳥飛中　海門幾點青山小望極煙波渺何當駕我以長風便欲乘桴浮到日華東

後庭花

清溪一葉舟芙蓉兩岸秋採菱誰家女歌聲起暮鷗亂雲愁滿頭風雨帶荷葉歸去休

浣溪沙 李叔固丞相會間贈歌者岳貴貴

滿捧金巵低唱詞尊前再拜索新詩老夫慚愧鬢成絲
羅袖染將修竹翠粉香吹上小梅枝相逢不似少年時

月中仙應制

春滿皇州見祥煙擁日初照龍樓宮花苑柳瑛仙仗雲
移金鼎香浮寶光生玉斧聽鳴鳳簫韶樂奏德與和氣
遊天生聖人千載希有　祥瑞電繞虹流有雲成五色
芝生三秀四海太平致民物雍熙朝野歌謳千官齊拜
舞玉杯進長生春酒願皇慶萬年天子與天齊壽

萬年歡應制

閶闔初開正蒼蒼曙色天上春回絳幘雞人時報禁漏頻催九奏鈞天帝樂御香惹千官環珮鳴鞘靜嵩岳三呼萬歲聲震如雷　殊方異域盡來滿彤庭貢珍皇化無外日繞龍顏雲近絳闕蓬萊四海歡欣歌舞聖德過唐虞三代年年宴王母瑤池紫霞長進瓊杯

萬年歡中呂宮元日朝會

天上春來正陽和布澤斗柄初回一朶祥雲捧日萬象

生輝帝德光昭四表玉帛盡梯航來會彤庭敞花霞千官紫霄鵷鷺徘徊 仁風徧滿九垓望霓旌緩引寶扇徐開喜動龍顏和氣藹然交泰九奏簫韶舜樂獸尊舉麒麟香靉從今數億萬斯年聖主福如天大

長壽仙道宮

皇慶三年三月聖節大宴

瑞日當天對絳闕蓬萊非霧非煙翠光覆禁苑正淑景芳妍綵仗和風細轉御香飄滿黄金殿喜萬國會朝千官拜舞億兆同歡 福祉如山如川應玉渚流虹璇樞

飛電八音奏舜韶慶玉燭調元歲歲龍輿鳳輦九重春

醉蟠桃宴天下太平祝吾皇壽與天地齊年

太常引

弄晴微雨細絲絲山色淡無姿柳絮飛殘荼蘼開罷青

杏已團枝　闌干倚遍人何處愁聽語黄鸝寶瑟塵生

翠銷香減天遠雁書遲

人月圓

一枝仙桂香生玉消得喚卿卿緩歌金縷輕敲象板傾

國傾城　幾時不見紅裙翠袖多少閒情想應如舊春山溶溶秋水盈盈

木蘭花慢 和桂山慶新居韻

愛風流二陸曾共住屋三間算京洛緇塵平原車騎爭似身閑一區未輸揚子更友于室邇足清歡庭下新松楚楚籬邊細菊斑斑白頭相對日團欒杯酒借朱顏任醉後長歌笑時開口樂最人寰功名十年一夢記風裘雪帽度桑乾幸喜歸來健在放懷綠水青山

木蘭花慢　和李賓暘韻

愛青山繞縣更山下水縈迴有二老風流故家喬木舊

日亭臺梅花亂零春雪喜相逢置酒藉蒼苔擲却眼迷

朱碧斷無筆寫瓊瑰徘徊俯仰興懷歷世事本無涯

偶乘興來遊臨流一笑洗盡征埃歸來算能幾日又青

回柳葉燕重來但願朱顏長在任他花落花開

欽定四庫全書

松雪齋外集卷一

元　趙孟頫　撰

四言詩

題李侯詩卷（翩翩者鶴美孝子也）

翩翩者鶴爰飛爰止其下維何曰有孝子伊人之生無父何恃父罪當刑子代之死

翩翩者鶴載翺載翔其翔維何孝子之祥母目有眚子

祇使明亦既明止我心則降

翽翽者鶴載飛載下伊人之生孰無父母孝哉李侯為人

所難咏言嘉之使我慨歎

帝命曰咨咨爾李侯錫爾寵禄惟德是讐壽嘏孔寧百

福來求子孫其昌世濟厥休

侃侃李侯國之舊臣維孝維忠萃于一門非忠無君非

孝無親作此好頌以勖我人

翽翽者鶴五章章八句

序

御集百本經序奉勅撰

蓋聞滄海之大一勺可以知其味昊天之高土圭可以測其景所謂聞一而知十執簡以御繁殊途而同歸分殊而理一者也佛以一音演說妙法細無不入大無不包廣博淵深莫知涯涘圓融權實未易概量散於大藏之中斂於無言之內皆所以敷揚至理究竟真空括萬法而靡遺歷曠刼而恒在拖羣生之藥石作彼岸之津

兼體用而並行故列敘於三藏憂性資之異等故分別於三乘非聖哲莫究其宗非英才莫燭厥義頓悟者以言語為末泥象者起文字之塵徒使幽玄悉歸汗漫況於愚昧益墮渺茫非資上聖之照臨孰憫迷途而開導弘通無礙利益有情皇上法天聰明齊佛知見爰以萬機之暇深參內典之微乃取諸經共成百卷釐為十帙歸於一乘隱奥兼明廣大悉備繙閱者不難於寓目誦讀者亦易於銘心可謂設網而提綱挈裘而知領以

因因而證果果由本本以達原原警人欲之横流契佛
心之正覺所願在天列聖同證菩提皇太后益增福壽
普及沙界咸獲勝因乃命臣僧明仁刋板流布仍俾徵
臣孟頫製序篇端臣聞命震兢深慙淺陋莫盡標題之
意敢抒讚歎之誠謹梓御集百本經總目列之卷首云
至大四年十月序

農桑圖序奉勑撰

延祐五年四月廿七日上御嘉禧殿集賢大學士臣邦

學大司徒臣源進呈農桑圖上披覽再三問作詩者何
人對曰翰林承旨臣趙孟頫作圖者何人對曰諸色人
匠提舉臣楊叔謙上嘉賞久之人賜文綺兩段絹兩段
又命臣孟頫叙其端臣謹奉明詔臣聞詩書所紀皆自
古帝王為治之法歷代傳之以為大訓故詩有七月之陳
書有無逸之作七月之詩曰三之日于耜四之日舉趾同
我婦子饁彼南畝又曰十月穫稻又曰十月滌塲皆農
之事也其曰女執懿筐爰求柔桑蠶月條桑八月載績

載玄載黄皆婦工之事也無逸之書曰君子所其無逸
先知稼穡之艱難乃逸二者周公所以告成王蓋欲成
王知稼穡之艱難也欽惟皇上以至仁之資躬無為之
治異寶珠玉錦繡之物不至於前維以賢士豐年為上
瑞嘗命作七月圖以賜東宮又屢降旨設勸農之官其
於王業之艱難蓋已深知所本矣何待遠引詩書以裨
聖明此圖實臣源建意令臣叔讓因大都風俗隨十有
二月分農桑為廿有四圖因其圖像作廿有四詩正㪷

風因時紀事之義又俾翰林承旨臣阿憐帖木兒用畏
吾兒文字譯於左方以便御覽顧臣學術荒陋乃過蒙
聖獎且拜綺帛之賜臣既序其事下情無任榮幸感恩
之至

為政善惡事類序

書不云乎作善降之百祥作不善降之百殃善惡之應
若水之流濕火之就燥乃天理之自然毫髮無爽者也
人之生也性本皆善中人以上固不待勉而後為善中

人以下或移於氣習或狃於利欲迷焉而不知復學焉
而不知警惡日積而不自知及乎天定禍不旋踵凡人
皆爾而仕宦者尤不可以不慎蓋士大夫受天子命位
於州縣之上權足以威衆而事足以及物善固易宣而
惡亦易播然為善者安富尊榮澤流子孫為不善者毒
流衆庶身世殄絕可不懼哉此括蒼葉君為政善惡報
應事類之所以作也此事之行其亦有聞風而善者乎
葉君名留字景良觀其用意可知其為善人已延祐六

年十一月序

送張元卿序

延祐三年夏五月松潘容疊威茂六州宣撫張元卿拜僉廣東道肅政廉訪司事將行來求余言余觀元卿恂恂有儒者之風蓋嘗學於蕭先生之門則其於理道當深知之矣余復何言哉雖然僕之意篤忠而不言不誠也故遂言之國家之設守令本以為民也廉訪司之設國家之不得已也使守令皆循良民安於田里無歎息

愁怨之聲雖不設官以糾之可也然而守令或不肖不能宣上德意視民如仇而後廉訪司始不可無矣故曰廉訪司之設國家之不得已也南海去京師萬里民之沾聖化也難傒行矣數路之廣守令數十百人必有賢者傒舉之使為善者益勸為惡者益知所畏而不敢為常使之知國家不得已而設廉訪司之意則其自待也必厚自待也厚則必強為善而重為惡若夫持之若束褫冠裂裳日以箠楚從事則余懼非儒者之政也元卿

其擇焉

記

五臺山文殊菩薩顯應記

聖上即位之二年以世祖聖德神功文武皇帝遺旨將建寺於五臺山春三月詔中書右丞張公九思偕平章政事段公那懷往相其宜公奉詔星馳越四月既望至五臺寓宿金界寺寺僧五臺僧録出宋張商英所著清涼傳示公載當時所見圓光金橋聖燈菩薩獅子顯現

之異甚詳公意商英文士容有增飾未之信也十七日
訖事言還閏四月廿二日再被旨至五臺鳩工興事祠
后土龍王公時行初獻事奠畢寺東南有雲氣如兜羅
綿狀漸升至日邊遂成五色中有億萬菩薩升降出沒
至於旌幡幢蓋之屬亦以億萬計不可名狀一時同行
者若中殿所遣使若軍官若從者役徒莫不具睹廿三
日中殿飯四千僧食時東南方復見光景如獻奠之日
日既西還自山中方據鞍次復見如初行三十里餘光

亦隨之其靈祥若此寺僧乞記於公以傳久遠公以命孟頫蓋聞諸佛菩薩以神通力放大光明自短見淺聞莫不以為誕然古書所載亦往往而有不可盡以為怪而非之昔昌黎開衡山之雲蘇子有海市之異彼山靈川祇猶能感動於二公況以公之忠誠銜天子命建佛塔廟菩薩神力能無感應乎此理之必然者也遂畧記其概以為山中故實云元貞元年六月十一日記

重修觀堂記

佛以慈悲哀愍一切盡未來世咸欲使之覺妙明心不
墮邪見凡有可以開羣迷者不遺餘力衆生因心有想
因想有妄掃除妄想使得正觀佛所說經具法具在依
佛所說而修習之非有嚴淨處所道將安寄故通都大
邑往往皆有觀堂而吳興觀堂特為宏敞池水竹樹莊
嚴靚深蓋創建於宋嘉泰間經始之者講主行瓊輔成
之者澧王師揆也宋之末年住持者非才葺治弗勤漸
至頹廢甲戌乙亥之際兵事澒洞奸民乘之剽竊摧剝

棟宇傾圮風雨不蔽仰見日星暨聖元統一區宇人獲奠居乃相與謀曰觀堂吾邦一大道場也今廢壞至此非得有福德力量者主之其何以興起乎衆咸曰非雲巖饒公不可於是相與告之澧王之孫孟齊深以為允遂具禮延請以至元十三年之春來主法席約已勵躬振飭補葺由是聲譽籍甚聞於總統所總統所賢其人給札以命之雲巖乃殫志悉力思所以宏其教者無所不至昔者常住之田僅四頃餘雲巖出衣鉢日益增廣齋

鼓粥魚聲和響答乃以至元二十一年鳩材傭工因寶
殿之舊而一新之堂宇丈室左右列祠三門廊廡甃甓
之破缺者完之榱桷之毀折者易之閱十年而後備至
於莊嚴像設金碧輝暎光采奪目父老興歎謂逾厥初
而翠栢紅蓮清凉香潔淨土境界種種現前然後修觀
想之業者乃始得其所雲巖於佛事可謂勤矣余觀天
地間物廢興雖有時然常係乎其人得人則興失人則
廢蓋古今一致也向使觀堂不能致饒公則瓦礫茂草

亦已久矣其能興建於積壞之餘哉余嘗嘉饒公之為人而公以記請故遂次第其狀而記之雲巖名廣饒俗姓陳氏長興之蘆碕人也大德元年九月記

天目山大覺正等禪寺記奉勅撰

延祐三年四月十有九日三藏法師般剌那室利言臣僧往年遊江南閲禪刹多矣獨天目山大覺正等寺為高峰妙禪師道場地勢清高人力壯偉實杭州一大伽藍而高峯之道遠續諸祖座下僧常數十百人皆清齋

禪定有古叢林之風高峯既寂其教至於今不少衰獨
寺未有紀載之文臣僧請下文學之臣文之以刻諸石
誠聖世一盛事也於是詔臣孟頫汝為文以記之臣謹
按天目山在杭州於潛縣為淛右羣山之宗圖經云廣
八百里高三萬餘尺界乎杭湖宣城之間窮巖幽壑雪
古雲深仙人神龍之所窟宅大覺正等禪寺居山之蓮
花峯高峯禪師名原妙吳郡吳江人早得法於雪巖欽
公臨濟十七世孫盡得瞿曇氏靈明真覺之要行業孤

峻機用險絶影不出山者三十年道風日馳遠方學徒
如西域南詔不遠數萬里雲臻水赴師悉拒不納至棲
巖席草以依師至元辛卯故兩淛運使臣瞿霆發嚮師
道望謁師于獅子巖之死關仰扣玄音心領神悟恍若
宿契歎禪衲之至無所於容慨然有建寺之志迺割鉅
莊先後凡二百頃有畸及買山田若干捐其歲入首創
梵宇命嗣法沙門祖雍洎久參上首弟子等各盡才能
以董其役當是時山靈地媪見聞驚異大奮神功搜奇

材揭巨石不容有所藏而獻之閲五年則廚庫大殿輪
奐參差宛如天降師知時至囑祖雍攝住持而告寂焉
衆心悲感檀户益張走斧飛斤鼓舞羣力千楹萬礎海
湧雲騰與夫雕鏤髹飾陶冶丹雘百爾咸臻大德庚子
成宗皇帝首降玉音作大護持至大戊申締搆之功充
擴大備高閣周建長廊四起飛樓湧殿之雄麗廣堂邃
宇之靚深像設鼓鐘之偉奇金繩寶鐸之嚴整凡庖湢
寮舍床榻器用所求皆足是歲閙堂臣霆發大營齋饌

煙包雲衲遐邇奔湊會者數萬指坐立圍繞禪影山齊
梵音雷動人天交贊得未曾有臣聞覺樹垂陰曇華現
瑞以甘蔗種哀憫羣迷乘積生大願輪不起寂場遍入
塵剎未摇舌本大闡玄音其聲光震耀雖日麗霆轟不
可為比道場塔廟曾不期建立而二千餘年後先出興
凡大林深藪靚史夜摩忽從地涌惟罔知所自者既疑
且駭異議紛然殊不知大願輪中真實種子時緣既偶
如春發榮萬卉千葩不知其萌而萌矣嘗攷竺墳覺之

為義有始有本有頓有圓惟破有法王坐靈鷲山堅秉化權目之為大覺已而飲光傳之曹溪唱之臨濟握金剛王劒以振之高峯得此而跡愈晦聲愈彰能大其家世臣霆發慕此而割膏腴樹禪宮曲盡施心了無難色信大覺之念如此以之壽國脈祝聖算隆佛運利含識不亦宜乎或謂翠竹黃花盡真如體白雲青嶂咸大覺場生佛未具已前不曾欠少豈待梯空架險破山壓石而為之耶對曰道場之興覺其所以迷也迷之不反安

知塵沙法界為大覺場其或徇緣而趨勝逐境以滋塵
既昧覺因轉增迷倒佛化豈若是哉遂併書之以為記

濟南福壽禪院記

余退食坐草亭有比丘尼謁余而言曰福聚所居福壽
禪院者自五代以來古剎也歷宋至金而吾師雨公以
佛法道行為叢林表當時戚里貴人以禮延致者甚衆
大朝龍興崇重佛法遣使者馬侍讀妙選天下僧尼而
吾師實在選中復請住福壽院福聚因緣祖師之遺蔭

濫主斯席不思所以傳久遠則古迹易泯師德不彰福聚心實懼焉願公作為文章將刻諸堅石幸悲聚之志余問之曰若所言者吾將安據福聚乃出袖中錦囊囊中出三紙書其一則聖朝選僧尼使者請其師雨公疏也其二則金駙馬都尉與其妻公主請雨公住積慶寺疏也其三則周顯德三年存留院額敕牒也余一再觀之皆真實不虛按周世宗即位之明年廢天下佛寺三千三百三十六所今敕文云齊州奏福壽禪院殿宇頗

多尼衆不少乞存留者正其事也嗟乎自古王侯公卿
功名富貴赫奕一時者不可勝數往往無幾何時皆已
灰滅而不可紀而此院歴周而宋而金至於今日數百
年間常住不毀況濟南自宋度南以來數罹兵火故雖
顯宦之家亦多不知其上世名諱與其姓氏所出而二
三比丘尼乃能殷勤鄭重於膠膠擾擾之中收拾前代
遺文以為故事與五代史記相表裏豈不可嘉尚哉至
若雨公之德行已載在兩疏中而余觀福聚之為人亦

有以知其師之賢何者余嘗至其院尼衆肅若行其廷草木沃若及升其殿堂香火馥若以是推之其師必不碌碌矣宜其見重當時傳法後世非偶然也院去南城幾步入南門西行幾里許由周以前院之所始不可知令為屋凡若干楹垣牆之内凡若干畝佛殿僧堂齋舍庖廩悉具視五代時當小減而視他院尚完整也初雨公自金泰和間賜號通慧大師金遷於汴賜號慧嚴大師至大朝號圓明大師後改妙嚴大師俗姓郭氏漷城

人也七歲出家嗣其法者名皆從福曰福祐曰福慶曰福聚今院主求文於余者也曰福寶曰福順曰福恩曰福成福之嗣名皆從善曰善欽善淵善義善因善熙善靜善端善玉善秀善泉善廣善仙善珎善金善之嗣名皆從慧曰慧錦慧滿嗟乎若福聚者誠可嘉已天下之為人子孫不能使其祖考之德傳於後者亦多矣而聚當盛暑中命工礱石不憚喘汗奔走求余文至十數惟恐其師之德不傳余雖懶且拙欲辭而固拒之則不近

於人情故遂為記且俾刻此三紙書於背使其徒知其師傳授之意後之覽者庶有攷焉

碑銘

大元大普慶寺碑銘奉勑撰

惟上帝降大命於聖元太祖法天啟運聖武皇帝起自朔方肇基帝業兵威所至罔不臣服蓋以睿宗仁聖景襄皇帝為之子睿宗躬擐甲冑翦金河南雖不及撫有多方篤生聖嗣是為世祖聖德神功文武皇帝聰明冠

古無遠弗燭雄畧蓋世而神武不殺命將出師不再舉
而宋平九域分裂者餘二百年一旦一之遐陬荒裔咸
受正朔幅員之大古所未有於是憲天明時建官立法
任賢使能制禮作樂文物粲然可紀中統至元之間海
内晏然家給人足而又妙悟佛乘欽崇梵教慈惠之德
洽於人心肆世祖之享國三十有五年施及裕宗文惠
明孝皇帝正位儲宫仁孝而敬慎問安視膳之暇順美
幾諫天下陰受其賜多矣至元廿二年裕宗陟方未幾

順宗昭聖衍孝皇帝亦遽賓天三十一年世祖登遐當
是時徽仁裕聖皇后不動聲色成廟於撫軍萬里之
外授是神器易天下岌岌者為泰山之安大德二年武
宗撫軍於北令上日侍隆福怡言煦之摩手撫之擇師
取友俾知先王禮樂刑政為治國平天下之具恩莫大
焉四年裕聖上仙皇上追思罔極因念在世祖時帝師
八合思巴弘闡佛法故我得聞其義捨歸依三寶修崇
冥福將何以盡吾心始建佛殿於大都既而之國覃懷

屬成廟登遐内難將作上馳至京師先事而發殄殲大
憝封府庫奉符璽清宫以安太后遣使以迎武宗武宗
既踐祚以上至德偉功不踰月而立上為皇太子上緬
懷疇昔報本之意乃命大創佛宇因其地而擴之凡為
百畝者二鳩工度材萬役並作置崇祥監以董其事其
南為三門直其北為正覺之殿奉三聖大像於其中殿
北之西偏為最勝之殿奉釋迦金像東偏為智嚴之殿
奉文殊普賢觀音三大士二殿之間對峙為二浮圖浮

圖北為堂二屬之以廊自堂徂門廡以周之西廡之間為總持之閣中寘寶塔經藏環焉東廡之間為圓通之閣奉大悲彌勒金剛手菩薩齋堂在右庖井在左最後又為二閣西曰真如東曰妙祥門之南東西又為二殿一以事護法之神一以事多聞天王合為屋六百間盤礎之固陛戺之崇題楶之騫藻繪之工若忉利兜率化出人間凡工匠之傭悉皆内帑一毫不役於民既成賜名曰大普慶寺給田地民匠碓磑房廊等以為常住歳收

其入供給所須上既即大位崇祥監臣請立石紀事勑
臣孟頫等為文垂示久遠臣聞佛教福田之中以三寶
為最勝福田皇上深惟秘典建寺造像書經飯僧凡此
勝因所以資裕聖暨祖宗在天之靈證無上覺今皇太
后怡愉康强享無量福壽其餘澤所被至於海隅黎庶
法界會靈咸獲安樂功德可數量哉臣等謹稽首再拜
為之頌其詞曰
皇元應運誕受萬方帝以聖承於前有光明明天子神

明八葉德盛功豐富有大業維兹大業太祖張之世祖
皇之天子康之於赫皇武皇武桓桓聖謨孔神神器斯
安有粲之載有作其彬典章具舉煥乎堯文道冠百王
仁覆羣生宏觀英圖日臻太平粤昔裕聖功在社稷我
報之圖天乎罔極惟覺皇氏具大神力人天共依是資
福德乃卜陰陽相地柔剛歲吉辰良大匠是將乃斲乃
繩築構遄與務殫乃心毋費是繩役者謳歌相厥子來
匪民是庸一須國材有岑其宇有踐其廡有楹維旅金

鏤雕礎瞿瞿其瞻劇劇其廉秩秩其正於粲其嚴載瞻聖容瑞相儼然是信是崇獲福無邊獲福無邊聿歸裕聖嘉與慈闈或普其慶皇帝孝仁永命於天聖子神孫維千萬年

仰山棲隱寺滿禪師道行碑奉勅撰

師名行滿號萬山俗姓曾氏其先出東魯蓋曾子之後遠祖仕江右遂為吉州太和人父諱應龍字拱辰號翠庭先生繇科舉入仕母樂氏師生而穎異不為兒嬉齠

戲日記數千言學問之暇常默然宴坐有出塵之態先
生曰此兒非吾家可有遂捨送雲亭蕩原彌陀院為童
行名福可時九域甫一師自念曰佛祖出世為一大事
因緣我等溺於塵勞何日撤去挈包笠北遊首登五臺
至元庚辰至仰山有會心處遂留薙髮禮澤庵公為師
更令名受具於大同大普恩之圓戒會自是處叢林中
策勤砥礪為衆之念甚於為已旦夕叅叩素庵璉公至
忘飢渴之節寒暑之變素庵深器之一日激之以洞山

寒暑因緣師應聲云寒則普天寒熱則普天熱刀斧劈
不開我又如何說庵云畢竟如何師云紅爐一點雪庵
云别别師云有什麽别處庵云若能恁麽會方始契如
如師扼聲云錯掩耳而出庵付之以衣頌曰從我十年
談麈尾策勲一日占鰲頭如今分付無文印續焰聯芳
萬古秋時至元庚寅歲也爾後復參雲門臨濟皆能得
其骨髓大德癸卯仰山之學者請師歸住舊隱師以青
州大刹非小因緣力辭衆守之數日欲逃不可不得已

升堂說法演無量義自是聲聞大振四方求法者歸之
如流水梵僧宣政使相迦失里功德使大司徒輦真吃
刺思相慕為道友王公貴人皆稽首歸敬武宗皇帝在
北邊時下令施鈔萬貫造文殊菩薩像既即位駕幸其
寺施金百兩銀五百兩鈔六萬貫賜號佛慧鏡智普照
大禪師勅尚方造織成金龍錦緣僧伽黎大衣窮極工
巧經歲乃成名師至禁中出以賜焉今上在春宮嘗三
幸其寺命有司作尊勝塔於東嶺及建明遠觀光二亭

以備臨幸洎登極亟命工部尚書臣鄭伯顏領大匠修其
寺凡土木之故而敝者圖畫之久而漫者咸易而新之
旁緣崖石以方廣其基高者至百餘尺造普賢觀音像
增建堂殿亭臺凡几格供張什器之物靡所不備樹碑
於門頌天子聖德既又賜蘇杭水田五千畝為常住業
又国安州鶺臺福嚴寺自木庵公沒後為他人所有師
奏得旨復歸仰山為下院云皇慶元年制授師銀青榮
祿大夫司空師之大弟子曰覺用曰善興曰文祥曰海

深曰思贇曰圓中曰福添曰廣壽各能顯揚宗旨主席名山其門資之盛具列碑陰素庵之徒曰正義正義之徒曰圓嵩傾心竭力謀立石以紀師行業且彰天子寵錫之渥臣伯顏以聞詔曰可乃命臣孟頫為文書於石謹按棲隱寺始建於遼至師為二十六代臣聞浮屠氏之道言其廣大則無所不容言其變通則無所不入以無生為有生之本以不用為大用之原至矣哉非言語之所究也皇元建國之大盡天地之所覆載倫別類分

悉爲臣妾出於水土藏於山澤悉爲府庫數十年之間
斯民不聞鼙鼓之聲以聖繼聖以明繼明使民不知日
趨於爲善浮圖氏之道大矣夫道無盛衰所以盛衰存
乎其人自四海一家梵僧往往至中國而師出於江左
能以其道鳴於京師以承天子之寵命真世所希有銘
曰
峨峩仰山如青蓮華中有寶坊古佛之家天王衛門地
神扶棟參差珠閣葳蕤金鳳鬱鬱青松羅蒼玉林清風

過之振海潮音往此山中有大禪老宴處寂靜萬緣皆了天子時巡樂此境勝謂師之道與境為稱乃施重寶增飾厥宇結構崢嶸鶯軒鳳翥師道既宏帝眷益隆位以司空寶古三公師以佛心為國回嚮徧河沙界功德無量天子謂臣時汝能言勒碑此銘惟千萬年

五兄壙誌代姪作

先君諱孟頫字景魯姓趙氏宋秀安僖王至先君六世矣宋南渡自大梁來居吳興遂為吳興人曾祖諱師垂

宋太師新興郡王謚恭襄妣莊氏衛國夫人祖諱希永
宋朝奉大夫直華文閣贈通議大夫妣鄭氏碩人考諱
興旹宋正議大夫户部侍郎贈銀青光禄大夫妣李氏
碩人生母丘氏先君重厚寡言年十四以侍郎蔭補承
務郎咸淳丁卯請國子監舉免銓庚午差知臨安府仁
和縣臨平鎮是歲以度宗祀明堂恩轉承奉郎甲戌以
幼主即位覃恩轉承事郎臨平考滿授簽書高郵軍判
官廳公事未上宋歸於元官情素薄浮沉里閭不求仕

進日以翰墨為娱書九經一過細字謹楷人傳以為玩
喜與名僧遊書蓮花華嚴楞嚴圓覺金剛諸經皆數過
明窗淨几焚香瀹茗四時花草婆娑愛賞欣然自得大
德乙丑五月瘍發於背竟不起嗚呼哀哉先君生於辛
亥七月十七日卒於乙巳五月廿三日享年五十有五
娶陸氏故吏部尚書陸公德輿之女先三十年卒子男
五人由辰次由宣從浮屠法祝髮為比丘次由宿由突
由實女三人其二已嫁其一為比丘尼孫男二人鄙老

順孫孫女三人皆幼由辰等以是年八月甲申忍死奉柩合葬烏程縣蘇灣方屏山遵治命也道遠日薄未能乞銘於當世君子姑誌梗槩納諸幽孤哀子由辰等泣血謹書

魏國夫人管氏墓誌銘

夫人諱道昇姓管氏字仲姬吳興人也其先管仲之子孫自齊避難於吳興人皆賢之故其地至今名栖賢考諱伸字直夫妣周氏管公性倜儻以任俠聞鄉閭夫人

生而聰明過人公甚奇之必欲得佳壻余與公同里閈公又奇余以為必貴故夫人歸於我至元廿四年世祖聖德神功文武皇帝名孟頫赴闕自布衣擢奉訓大夫兵部郎中廿六年以公事至杭乃與夫人偕至京師既而除直集賢同知濟南路總管府成宗皇帝名入史院夫人亦俱余以病辭同歸吳興余提舉江浙儒學滿任遷泰州尹今上皇帝在春宮遣使名孟頫除翰林侍讀學士夫人亦同至闕下至大三年冬也明年上即位特

授集賢侍講學士中奉大夫夫人封吳興郡夫人皇慶
元年請假歸為先人立碑夫人亦以管氏無丈夫子欲
命繼又無其人乃即故居作管公樓孝思道院俾道士
奉其考妣祭祀事見道院記次年使者薦至於是夫人
復從余入朝延祐四年余入翰林為承旨加封魏國夫
人五年冬舊所苦脚氣疾作上遣太醫絡繹胗視六年
增劇聞於上得旨還家四月廿五日發大都五月十日
行至臨清以疾薨於舟中年五十八嗚呼哀哉余與子

雍護柩還吳興是歲某月某日葬德清縣東衡山之原
禮也子三人亮早卒雍奕女六人夫人天姿開朗德言
容功靡一不備翰墨辭章不學而能處家事內外整然
歲時奉祖先祭祀非有疾必齊明盛服躬致其嚴夫族
有失身於人者必贖出之遇人有不足必周給之無所
吝至於待賓客應世事無不中禮合度心信佛法手書
金剛經至數十卷以施名山名僧天子命夫人書千文
勑玉工磨玉軸送秘書監裝池收藏因又命余書六體

為六卷雍亦書一卷且曰令後世知我朝有善書婦人
且一家皆能書亦奇事也又嘗畫墨竹及設色竹圖以
進亦蒙聖獎賜內府上尊酒嘗謁興聖宮皇太后命坐
賜食恩意優渥受知兩宮可謂榮矣夫人之亡內外族
姻皆為之慟嘗與余游者莫不流涕則夫人之德可知
已銘曰
夫人云亡夫喪賢婦子失慈恃家無內助嗚呼夫人古
之列女仁智賢明儷揩莫數翰墨之工受知聖主通籍

東朝得謁太母婦人之榮可謂至極碎璧貫珠行路嗟惜人倫之重況於夫婦天實爲之誰謂荼苦東衡之原夫人所擇規爲同穴百世無易樹以青松銘以貞石婉婉之德萬古是式

疏

五臺山寺請謙講主講清涼疏

説方便法開方便門誘羣生於漸悟住清涼山講清涼疏演諸佛之真乘須得碩師庶開後覺恭惟性天開廓

心月朗明萬論千經皆為正受七處九會久已圓融徧
恒河沙覆以廣長之舌作法界觀普宣微妙之音香風
吹天雨之花甘露灑海雲之會請升猊座便發麈談寶
光現五臺讚佛恩之難盡金輪鎮萬國祝聖壽之無疆

請雨公長老住聖安禪寺疏

聖安名刹鐘鼓振乎十方禪門正宗衣鉢傳乎六祖必
得人天之共仰乃為道俗之同歸伏惟枯木寒巖澄江
孤月道心無礙非聲音色相之求諸性本空在文字語

言之外雷音響處驚悟羣生甘露灑時潤沾庶品顧禪闗之虛久㒓杖錫之來臨敢望慈仁俯從衆願闡第一義覺佛日之增明惟億萬年祝皇圖之永固

幻住庵主月公金書楞嚴經疏

昔阿難為魔女所攝故世尊現化佛説經七處徵心究首楞嚴之妙義一音演法宣般怛羅之真言顯大神通有勝功德當幻住道場之新建宜真乘法寶之莊嚴黄金研為泥書十萬言而豈易白米賤如土舍百千石以

何難長者但發肯心貧道便成勝事百寶光聚燦爛發
於毫端千葉蓮開芬香遍於沙界祝吾皇之聖壽增施
主之福田

請讌講主茶榜

雷震春山摘金芽於穀雨雲凝建椀聽石鼎之松風請
陳鬬品之奇功用作齋餘之清供恭惟心如止水辯若
懸河天雨寶花法潤普沾於衆渴地生靈草清香大啟
於羣蒙性相本自圓融甘苦初無差别雪山牛乳分一

滴之醍醐北苑龍團破大千之夢幻舌頭知味鼻觀通

神大衆和南請師點化

題跋

題東老事實後

白酒釀來縁好客黄金散盡為收書吕仙翁此語似若

猶有世俗相推奬之意然至於散盡黄金便覺蟬蜕汙

濁之中浮游塵埃之外東老能爾豈非仙材世人愛惜

錢物如護性命殊不知為飛空下視者之所憐憫佛説

遺教經亦云不知足者為知足者之所憐憫故我說法亦復如是

紀夢嵇侍中

延祐元年十一月十九日彰德朱長孺道邦人之意求書晉嵇侍中之廟六字余每敬其忠節不辭而書之運筆如飛若有神助是夜京口石民瞻館於書室中夢一丈夫晉人衣冠蓬首緇衣流血被面謂民瞻曰我嵇侍中也今日趙子昂為余書廟額故來謝之民瞻既覺猶

汗流亦異事也

松雪齋外集卷一

欽定四庫全書

松雪齋外集卷二

元 趙孟頫 撰

五言律詩

次袁學士上都詩韻

曉日夾雲樹春風吹雪山飛鷹玄兔磧飲馬白狼灣寶帶吳鉤迴金矛漢節閑將軍萬里外不怕二毛斑

七言律詩

萬柳堂席上作

萬柳堂前數畝池平鋪雲錦蓋漣漪主人自有滄洲趣
遊女仍歌白雪詞手把荷花來勸酒步隨芳草去尋詩誰
知咫尺京城外便有無窮萬里思

陶南邨輟耕錄云京師城外萬柳堂亦一宴遊
處也野雲廉公一日置酒招疏齋盧公松雪趙
公同飲時歌兒劉氏名解語花者左手折荷花
右手執杯歌小聖樂云綠葉陰濃徧亭水閣偏
趁涼多海榴初綻朶朶蹙紅羅乳燕雛鶯弄語
對高柳鳴蟬相和驟雨過似瓊珠亂撒打遍新
荷人生百年有幾念良辰美景休放虛過富貧
前定何用苦張羅命友邀賓宴賞飲芳醑淺斟

低歌且酩酊從教二輪來往如梭既而行酒趙公喜即席賦詩云云小聖樂乃小石調曲元遺山先生好問所製而名姬多歌之俗以為驟雨打新荷者是也

弁山佑聖宮次孟君復韻

意行騎馬到林間晴霧都沉遠近山瓊樹著花春自早翠禽雙語意相關一杯到手先成醉萬事無心觸處閒猶欠抱琴來托宿靜中規寫水潺潺

杭州拱北樓

城上高樓接太霞令嚴鐘鼓靜無譁提封內向三千里

比屋同封百萬家心在江湖存魏闕身隨牛斗泛仙槎

舉頭便覺長安近時倚闌干望日華

送陳都事雲南銓選兼簡李廉訪

送君銓選使滇池部落諸夸自品題明月夢回夔子北

長風吹度夜郎西山連塞雨驊騮滑花落蠻雲杜宇啼

為問霜臺李學士白頭官滿尚羈棲

五言絶句

牧廄苑

一片中原地紛紛幾戰爭至今將不去留與後人耕

題跋

跋王右軍帖

梁武評書至右軍謂龍跳天門虎卧鳳閣此帖是已諸家刻中皆未之有世間神物豈黙有靳惜者不欲使濫傳耶將好事猶未至也有能礱片石刻以傳遠僕願供摹搨之役屬奔走南北此事殆廢不知何時果此緣也

至元丁亥九月七日題

題東坡書醉翁亭記

北宋學山東坡蘇公之筆趙子固家藏舊物也今為伯田馮先生所得余在京時嘗見此卷於高仁卿家前後有子固印識今悉亡之想為俗工裁去詎謂神物而災亦見侵如是然而字畫未損猶幸甚耳或者議坡公書太肥而公却自云短長肥瘦各有度玉環飛燕誰敢憎又云余書如綿裹鐵余觀此帖瀟灑縱橫雖肥而無墨猪之狀外柔内剛真所謂綿裹鐵也夫有志於法書者

心力已竭而不能進見古名書則長一倍余見此豈止一倍而已不識伯田之所自得又幾何元貞二年四月一日持來求跋聊為草草

題右軍思想帖真跡

大德二年二月廿三日與霍公謹集鮮于伯幾池上郭右之出右軍思想帖真跡有龍跳天門虎臥鳳閣之勢觀者無不咨嗟歎賞神物之難遇也

定武蘭亭跋

蘭亭墨本最多惟定武刻獨全右軍筆意此舊所刻者不待聚訟知為正本也至元己丑三月三衢舟中書

蘭亭帖自定武石刻既亡在人間者有數有日減無日增故博古之士以為至寶然極難辨有纔損五字者又有五字未損者獨孤長老送余北行攜以自隨至南潯北出以見示因從獨孤乞得攜入都他日來歸與獨孤結一重翰墨緣也獨孤名淳朋天台人（一本云時靜心吳義士聯舟與余北上出此卷相校即一刻也但五字損耳靜心名森嘉興人）至大三年九月五日孟

頫跋於舟中

蘭亭當宋未渡南時士大夫人人有之石刻既亡江左好事者往往家刻一石無慮數十百本而真贋始難别矣王順伯尤延之諸公其精識之尤者於墨色紙色肥瘦穠纖之間分毫不爽故朱晦翁跋蘭亭謂不獨議禮如聚訟蓋笑之也然傳刻既多實亦未易定其甲乙此卷乃致佳本（一本云五字雖損）肥瘦得中與王子慶所藏趙子固本無異石本中至寶也至大三年九月十六日舟次

寶應重題

蘭亭誠不可忽世間墨本日亡日少而識真者益難其人既識而藏之可不寶諸十八日清河舟中河聲如吼終日屏息非得此卷時時展玩何以解悶蓋日數十舒卷所得為不少矣廿二日邳州北題

頃閱吳中北禪主僧名正吾號東屏有定武蘭亭一本云是師晦巖照法師所藏從其借觀不可一旦得此喜不自勝獨孤之與東屏賢不肖何如也廿三日舟中題時過安仁鎮

昔人得古刻數行專心而學之便可名世況蘭亭是右軍得意書學之不已何患不過人耶

學書在玩味古人法帖悉知其用筆之意乃為有益右軍書蘭亭是已退筆因其勢而用之無不如志兹其所以神也昨晚宿沛縣廿六日早飯罷題

書法以用筆為上而結字亦須用工蓋結字因時相傳用筆千古不易右軍字勢古法一變其雄秀之氣出於天然故古今以為師法齊梁間人結字非不古而乏俊

氣此又存乎其人然古法終不可失也廿八日濟州南

待闌題

蘭亭與丙舍帖絶相似

廿九日至濟州遇周景遠新除行臺監察御史自都下

來酌酒於驛亭人以紙素求書於景遠者甚衆而乞余

書者坌集殊不可當急登舟解纜乃得休是晚至濟州

北三十里重展此卷因題

東坡詩云天下幾人學杜甫誰得其皮與其骨學蘭亭

者亦然黄太史亦云世人但學蘭亭面欲換凡骨無金

丹此意非學書者不知也十月一日

太凡石刻雖一石而墨本輙不同蓋紙有厚薄粗細燥

濕墨有濃淡用墨有輕重而刻之肥瘦明暗隨之故蘭

亭難辨然真知書法者一見便當了然政不在肥瘦明

暗之間也十月二日過安山北壽張書

右軍人品甚高故書入神品奴隸小夫乳臭之子朝學

執筆暮已自誇其能薄俗可鄙可鄙三日泊舟虎陂待

放聞書

吾觀稧帖多矣未有若此卷之妙者

静心云此卷乃得之李公曾伯蓋宋畫士王曉之所藏

曉徐黄同時人觀其寶惜如此誠不易也廿四日題

余北行三十二日秋冬之間而多南風船窗晴暖時對

蘭亭信可樂也獨孤本攜以自隨此卷以歸静心其寶

藏毋忽七日書

至大閏僕偕吳静心先生北上得此蘭亭與獨孤長老

所惠本並觀船窗中三十二日得意甚多屈指計之已復七年矣其子景良馳驛來京師復出見示使人眷戀不能去手噫靜心仙去其子能寶藏如此為之感歎延祐三年七月廿三日書於咸宜坊寓舍

臨蘭亭跋

月江學士藏定武蘭亭致佳親友多乞之月江靳固不予顧求臨本於不肖何耶皇慶元年人日過僕寓舍執以此為言不敢固辭援筆書以為贈

題王右軍快雪時晴帖真跡

東晉至今近千年書跡傳流至今者絶不可得快雪時晴帖王羲之書歷代寶藏者也刻本有之今乃得見真跡臣不勝欣幸之至延祐五年四月二十一日奉勅恭跋

臨右軍樂毅論帖跋

臨帖之法欲肆不得肆欲謹不得謹然與其肆也寧謹非善書者莫能知也廿年前為季博臨樂毅殆過於謹

今目昏手弱不能作矣漫題其末而歸其子善甫至治改元四月十一日題

題王太令保母碑

保母碑雖近出故是太令當時所刻較之蘭亭真所謂固應不同世人知愛蘭亭不知此也丙戌冬伯幾得一本繼之公餘丈得此本令諸人賦詩然後朋識中知有此本丁亥八月僕自燕來還亦得一本又有一詩僧許僕一本雖未得然已可擬世人若欲學書不可無此僕

有此獨恨驅馳南北不得盡古人臨池之工因公餘出

示令人重歎

題李思訓蓬山玉觀圖

畫山水用金碧始於李思訓穠豔中而出瀟灑清遠非

大手筆不能也此幅為蓬山玉觀豈托興於仙而布置

故有此奇妙耶

題顧愷之秋嶂橫雲圖

古人繪理無不精美及覯長康筆而知諸家之有作為

矣此秋嶂橫雲幽深微妙殆不似從人間來惟當局者
知之

題曹弗興海戍圖

曹弗興吳人也蚤有令名畫出於顧陸之先為吳中一
絕今所畫海戍圖筆法入神足開千百載繪事之綱領
矣

題王摩詰松巖石室圖

王摩詰能詩更能畫詩入聖而畫入神自魏晉及唐幾

三百年惟君獨振至是畫家蹊逕陶鎔洗刷無復餘藴矣

題鄭虔畫

鄭虔獻畫於至尊而復題詩於上可見忘其貴三絶之名由是而起乃知前代高人未可以繩墨束羈也此幅思致幽深景物竒雅閲之令人蕭然意遠

松雪齋外集卷二

總校官候補知府臣葉佩蓀

校對官中書臣費振勲

騰録監生臣趙希璜

圖書在版編目（CIP）數據

松雪齋集 / (元) 趙孟頫撰. — 北京：中國書店,
2018.8
ISBN 978-7-5149-2107-6

Ⅰ. ①松… Ⅱ. ①趙… Ⅲ. ①古典詩歌－詩集－中國－元代②古典散文－散文集－中國－元代 Ⅳ. ①I214.72

中國版本圖書館CIP數據核字(2018)第085059號

四庫全書·別集類

松雪齋集

作者 元·趙孟頫 撰
出版發行 中國書店
地址 北京市西城區琉璃廠東街一一五號
郵編 一〇〇〇五〇
印刷 山東潤聲印務有限公司
開本 730毫米×1130毫米 1/16
印張 41.75
版次 二〇一八年八月第一版第一次印刷
書號 ISBN 978-7-5149-2107-6
定價 一三二 元（全二册）